학교를 벗어나 세상 속으로 날아가다

학교를 벗어나 세상 속으로 날아가다

초판 1쇄 인쇄 2011년 07월 22일
초판 1쇄 발행 2011년 07월 29일

지은이 | 최유라
펴낸이 | 손형국
펴낸곳 | (주)에세이퍼블리싱
출판등록 | 2004. 12. 1(제315-2008-022호)
주소 | 157-857 서울특별시 강서구 방화3동 316-3번지 한국계량계측협동조합 102호
홈페이지 | www.book.co.kr
전화번호 | (02)3159-9638~40
팩스 | (02)3159-9637

ISBN 978-89-6023-637-0 03810

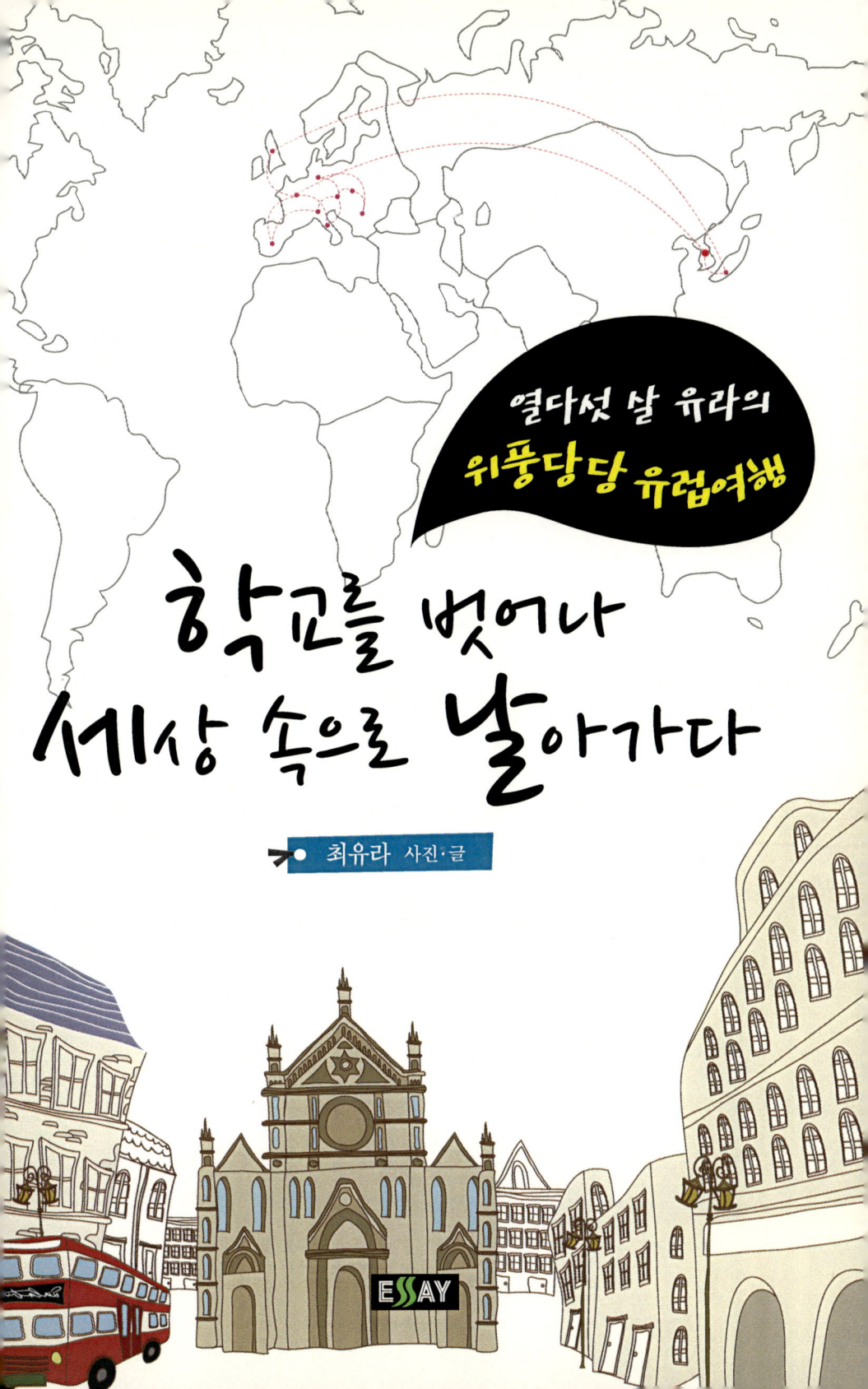

열다섯 살 유라의
위풍당당 유럽여행

학교를 벗어나
세상 속으로 날아가다

최유라 사진·글

차례

1. 프랑스

●프랑스

3월 7일

"수건 챙겼어?"

"필기도구 다 챙겼지?"

"짐 없어지면 안 된다."

유럽으로 출발하기 19시간 전이다. 아직 짐 확인밖에 하는 게 없는데도 내 기분은 설명하기가 어렵다.

우리는 3월 8일부터 삼 개월 동안 시간과 돈 등 많은 것들을 투자하여 유럽으로 배낭여행을 떠난다. 특히 학교 다니는 것을 잠시 접고 여행 뒤로 미루어야 하기에 내 인생에 상당한 지장이 있다. 하지만 엄마, 아빠가 오래전부터 바라던 것이었고, 나 또한 내 주위에 있는 친구들을 보면 누구나 쉽게 가질 수 있는 기회가 아니라는 것을 알기 때문에 더 넓은 세상을 직접 보고 경험할 수 있다고 생각해 망설임 없이 떠나기로 했다.

우리는 먼저 이번 여행이 알찬 경험이 될 수 있도록 겨울방학 동안 유럽의 문화와 역사를 많이 공부했다. 특히 삼 개월 동안 같이 여행을 하게 될 엄마, 언니 그리고 나는 나라별로 분담해서 여행 일정을 짰다.

나는 오스트리아, 독일, 영국을 담당했다. 여행 일정을 짜는 일은 중간고사를 대비하여 계획표를 짜는 것보다 더 힘들었다.

여행지의 숙소 예약이 하나하나 될 때에는 설레기도 하고 떨리기도 했는데, 정작 출발시간이 다가오는 오늘은 실감이 나지 않는다.

"우리 서로 별명을 지어서 부르면 어떨까?"

"예를 들어, 아빠는 어질이 아빠."

아빠의 진지하고 깜찍한 제안을 듣고 나름 언니와 나도 반응을 한다.

"나는 닭털 소라." 의사가 되고 싶은 언니.

"그럼, 나는 팬다 유라!" 다크써클이 심해서 친구들이 붙여 준 별명.

아빠의 생각이 굉장히 신선하다. 하지만 16년 동안 같이 살아본 결과, 삼 개월 동안 한 번도 쓰지 않을 제안이다.

이제 19시간 남은 거겠지?

 3월 8일 (한국 ➡ 홍콩) 비행기에서

드디어 유럽에 가는구나. 공항에 도착한 지 4시간이 지난 지금에서야 몸으로, 마음으로 느껴진다. 막상 떠나니까 괜히 섭섭해지기도 하고……

비행기가 하늘을 향해 올라가고 있다. 집에서 준비할 때는 이 시간을 그렇게 기다렸건만, 어릴 때 아무것도 모른채 비행기를 탈 때와는 다르게 석 달이라는 기간을 집에서 떨어져 있다는 게 뭔가 언어로 표현하기 힘든 색다른 기분이다.

"대한민국이여, I'll be back!" 3개월 동안 나를 잊지 않고 기다려 주기를.

 **3월 9일** (홍콩 ➡ 런던) 비행기에서

인천공항에서 홍콩으로 가는 캐세이퍼시픽항공이 40분이나 늦게 출발하는 바람에 기내에서 아빠는 승무원을 불러 다음 연결되는 비행기를

탈 수 있도록 부탁하셨다. 홍콩에 도착하니 승무원이 우리를 기다리고 있었다. 우리는 승무원과 같이 티켓체크도 대충대충, 검문도 하지 않고 달렸다. 런던행 비행기(BA052)를 타니 승무원이 영국식 발음으로 "Oh, you are late!" 하며 서둘러 자리를 찾아 주었다. 의자 위로 보이는 승객들의 머리가 모두 노란색이라 우리만 동양인인 것 같아 조금 민망해졌다. 홍콩행 비행기에서는 승객들이 거의 검은색 머리였고 한국말이 왁자지껄 들려 괜찮았는데……. 어색한 느낌에 행동을 조심하고 말소리를 낮추느라 마음이 편하지 않았다. 저녁 밥맛이 영 아니었지만 그래도 내가 누군가. 스튜어디스언니가 준 것을 남김없이 다 먹었다.

신경 쓰지 말자! 그리고 더 넓은 세상을 맛보자!

3월 9일 파리 숙소

공항까지는 '여기가 유럽이다'를 느끼지 못했다. 그런데 공항버스에서 내려 파리 시내에 발을 디디니 TV에서나 보았던 고풍스러운 건물들이 도도하게 나를 맞아 주었다. 또 영어학원에서만 보던 금발의 외국인들이 너무 많이 있어 친근한 느낌이 들지 않았다. 비도 오고, 건물들이 나를 무시하고, 지나가는 사람들이 모두 외국인이라 길을 묻기가 어려워서 숙소를 찾는 데만 1시간이 걸렸다. 모두들 웃고 떠들며 지나가는데 길 잃은 사람은 우리 가족뿐인 것 같았다. 엎친 데 덮친 격으로, 항공사의 실수인지 아니면 공항의 착오 때문인지는 모르지만 짐들이 영국으로 날아가 버렸다. 그래서 내일 새벽에 짐을 우리가 묵고 있는 호텔로 배달해 줄 것이라고 했다. 좌절이다! 여행 초부터 아빠가 "짐, 짐, 짐" 하셨지만 그냥 지나쳤는데 역시 아빠는 예지력까지! 아빠의 말을 귀담아들어야 했어!

유럽여행이 처음이라 조금은 실수가 있을 것이라고 예상은 했지만 이 정도일 줄이야. 3일 동안 감지 못한 머리, 피곤한 몸, 런던행 비행기에서 상처받은 내 자존심, 그리고 비까지 겹쳐서 너무 추웠다.

아, 근데 목마름! 물 내놔!

파리는 물값도 비쌌다

 3월 10일 벼룩시장 ➔ 개선문 ➔ 샹젤리제 거리

시차 때문이었을까? 어제 그렇게 고생을 하고도 이른 시간에 눈이 떠졌다. 샤워를 하고 우아하게 식당에 갔다. 호텔 뷔페식 아침 식사라 공짜여서 과식을 해버렸다. 돈은 최대한 절약하되 볼 것은 다 보기 위해서 시내 구석구석을 간다는 21번 버스를 탔다. 시내버스라 그런지 여행자들은 없고 모두 현지인들이었다. 파리 아주머니는 검은 머리의 우리

▼ 쌩뚜앙벼룩시장

에게 친절하게 말을 걸어 왔다. 버스에서 보이는 퀴리부인의 파리 소르본 대학, 마리 앙투아네트의 베르사유 궁전 등 관광지가 보일 때마다 우리에게 손짓으로 설명해 주었다.

그리고 우리가 가려고 했던 벼룩시장행 지하철의 위치도 알려 주었다. 지하철역에 가서 처음으로 파리비지트(버스와 지하철을 모두 사용할 수 있는 여행자들을 위한 3일표)를 사고, 표를 티켓팅하면서 허둥지둥하던 순간 아빠가 소리쳤다. "내 가방, 내 가방 연 사람!" 그렇다. 우리가 파리 여행 초보라는 것을 눈치를 챈 소매치기들이 아빠의 가방에 손을 댄 것이다. 벌써부터 소매치기 당한 건가! 다행히 없어진 것은 없었지만 친절한 파리 사람들 속에서 살벌했다. 파리의 일부분을 보고 전체를 평가할 수는 없다. 지하철 두 번째 정거장에서 지저분한 힙합 옷을 입은 13살에서 15살 정도로 되어 보이는 남자아이들 6명이 카세트를 가지고 탔다. 그리고 음악을 크게 틀어 놓고 랩을 하면서 춤을 춘 후에 모자를 들고 돈을 모으기 시작했다. 나는 힙합 소년이 무서운 생각이 들어서 고개를 창문으로 돌렸다.

그때였다. 동남아시아 외모의 남자가 우리 좌석 쪽으로 오는가 싶더니 건너편 흑인 옆 좌석에 앉았다. 그리곤 흘끔흘끔 수상하게 보기 시작했다. 우리 가족은 초긴장모드로 돌입했다. 몇 정거장을 지나치는데 동남아시안이 옆 흑인과 눈짓을 하는 것 같더니, 일어나 엄마 옆으로 다가왔다. 언니와 난 가방을 움켜잡고, 엄마는 보물 1호인 선글라스(엄마의 소지품 중에서 가장 비싸다.)를 벗어 손에 쥐면서 하시는 말씀,

"저 사람 일어섰어!"

"우리 쪽으로 가까이 다가오고 있어" 언니,

"가방 꼭 잡아" 나의 말,

"괜찮아, 왜 그러냐?" 하면서도 조심스러워하는 아빠.

우리말을 알아듣지 못하는 그들이기에 마음 놓고 한국말로 서로 서

로 조심하라고 이르는데,

"한국 사람이죠?"

그가 한국말로 우리에게 말을 걸었다. 황당했다. 한국에서 오랫동안 일했던, 그래서 한국에 대한 좋은 감정을 가지고 있어 한국인만 보면 반가워서 인사한다는 모 여행책자에 나온 유명인사(?)를 너무 긴장한 나머지 오해해 버린 것이다.

그렇게 우리는 생뚜앙 벼룩시장에 도착했다.

'벼룩시장 꼬락서니하고는!'

옷이나 중국산 기념품들을 파는 포장마차들이 죽 늘어서 있는 광장에 먹을거리는 전혀 없었다. 칼국수, 김밥, 떡볶이 등 먹을 것이 많은 성남 모란시장이 그리웠다. 소매치기들이 있을까 무서워서 불안하기만 한 뻘쭘한 곳이었다. 백인들은 별로 눈에 띄지 않았고 흑인들과 관광객들만 이리저리 왔다 갔다 하고 있었다.

개선문을 향해 발을 돌렸다. 샹젤리제 거리로 가는 문으로 알려진 개선문.

"Can you speak English?

모르는 아줌마가 따라와서 물었다. 집시였다. 파리의 집시는 만화영화 '노트르담의 꼽추'에 나오는 키가 크고 아름다운 '에스메랄다'를 상상하면 안 된다. 얼굴색이 갈색이며, 체구는 아시아인보다 작고, 지저분한 긴 치마를 입은, 빗질을 하지 않은 긴 검은 생머리를 하고 있다. 이들이 소매치기를 한다는 말을 들은 적이 있어 옆으로 다가오면 피해서 도망갔다. 지하철역에서 가방이 열려 있던 적이 있고, 집시까지 귀찮게 하니 머리가 아팠다.

허기가 졌다. 테라스에 많은 관광객들이 앉아 있는, 음식가격이 쌀 것 같으면서도 맛있어 보이는 레스토랑을 신중하게 선택했다. 싹싹한 종업원은 음식주문이 끝나자마자 초고속으로 음식을 내왔다. 그런데 8,000

▲ 파리의 샹젤리제 거리

원짜리 샌드위치는 빵 한 조각 속에 마요네즈 듬뿍, 햄 한 점. 게다가 물도 공짜가 아니었다. 샹젤리제 거리다운 가격에 관광객들을 대상으로 하는 뜨내기장사다운 음식이었다. 그렇게 샹젤리제 거리에 발을 디뎠다. 고풍스러운 건물들과 사치스럽고 비싼 거리에 어울리지 않는 배낭여행객들이 많았다. 그리고 나도 그들 중 한 명이었다. 루이비통, 샤넬, 페라가모 등 여러 명품들 중 내가 선택한 곳은 디즈니랜드 가게. '캐리비안의 해적'의 주인공인 '잭 스페로우'의 의상과 모형이 각각 15만원, 8만원이 넘었다. 내 전 재산을 투자해도 살 수 없는 명품들에게 눈도장만 찍고 돌아왔다. 비싸다는 것을 알았으면서도 주제 넘는 욕심을 내봤다.

오늘의 감상 '소매치기를 조심하자'

▲ 개선문

▲ 개선문이 보이는 파리 전경

 **3월 11일** 에펠탑 ➡ 퐁피두센터 ➡ 시청 ➡ 노트르담 성당
➡ 소르본대학, 파리1·2대학, 판테온 ➡ 먹자골목

어제 관람객 줄이 너무 길어서 포기했던 에펠탑을 오늘 가게 되었다.

역시나 흑인들이 에펠탑 모형 열쇠고리를 들고 흥정한다. 길거리에서
물건을 파는 사람들은 흑인들이 많다. 프랑스는 주로 백인들이 많이 살
지만 알제리 등 북아프리카에서 온 흑인들 또한 많이 있기 때문이다. 열
쇠고리를 사고 싶지만 여행기간 중에는 짐만 되니까 마지막 날에 사려
고 마음먹으면서 가격과 크기를 기억하려 애썼다. 줄을 선 사람들 중
몇몇은 안 보는 척하면서 흘깃흘깃 곁눈으로 흑인들을 보는 모습이 에
펠탑 열쇠고리를 은근히 사고 싶어 하는 마음을 드러내고 있었다.

에펠탑 보호 차원에서 관광객들의 소지품 검사를 했지만 허술했다.
'왜 이렇게 안 올라가, 다리 아픈데.' 하며 불만스럽게 서 있었다. 내 앞

▲ 노트르담 성당

줄에 있는 4살 정도 되어 보이는 아이도 나와 같
은 마음이었나 보다. 언제 차례가 될까 하며 엄
마를 보고 있는 표정이 왠지 모르게 공감이 갔
다. 힘들게 올라간 에펠탑 꼭대기에서는 그저 파
리 시내가 보이는 정도. 특별한 것은 아무것도

▲ 노트르담 성당의 장미창

없었다. 사진만 찍고 내려왔다.

　에펠탑을 지나 '이름 모를' 지하에 왔다. 프랑스 관광 담당 언니에게
물어보니 건성으로 "지하" 라고 한다. 아마도 지하에 상가가 많은 것을
보니 한국의 코엑스 정도인 모양이다. 일요일이라 매장이 닫혀 있는 그
'이름 모를 지하를 지나니 현대미술로 유명한 퐁피두센터가 나왔다.

　퐁피두센터 주위에는 그림을 파는 가게보다 길거리 공연을 하는 사람
들이 더 많았다. 퐁피두센터를 입장하려는 사람들은 점점 늘어났고, 우
리에게 남은 시간은 점점 줄어들었다. 할 수 없이 퐁피두센터를 포기하

▲ 세느 강변의 고서적판매대

고 파리 시청으로 갔다. 사실 서울시청이 더 예쁜데…….

고풍건물들이 뭐 내 눈에 다 똑같지! 아니다! 방금 한 말 취소. 노트르담 성당에 가보니 말이 달라졌다. 입장하기 위해 줄을 서고 있는데 노트르담 성당의 지붕에 매달려 있는 괴물들이 나를 내려다보고 있었다. 성당 밖에 조각된 석상들은 얼마나 정교한지 꼭 살아 움직일 것 같았다. 성당에 들어갔다. 줄을 쳐 놓은 안쪽에는 사람들이 미사를 드리고 있었고 바깥쪽으로는 관람객들이 발소리를 죽이며 구경하면서 지나갔다. 미사를 드리는 사람의 옆자리가 빈 곳이 있어 조용히 앉았다. '뽕쑈로뽕쑝' 설교를 하시는데 한참을 알아듣지도 못하는 말을 귀 기울여 들었다.

'거의 5분마다 치다시피 하는, 콰지모도의 친구인 그 종은 어디 있는 거야?'

내부를 아무리 올려다봐도 만화영화에 나오는 종은 보이지 않았다.

파리 담당 언니의 인도로 파리 대학 근처에 있는 먹자골목을 가기로 했다. 먹자골목으로 가는 세느 강변에는 고서적을 파는 노점상들이 줄지어 있었다. 온통 불어인데다가 고서적에 대하여 아는 것도 없고, 배만 고팠다. 먹자골목에서 이것 먹자, 저것 먹자 무조건 졸랐지만 엄마의 결정은 '할 일 먼저'였다.

▲ 세느 강변의 길거리 예술가

"여기서 파리 1,2대학이 그렇게 가깝다고 하네."

모두들 나의 명대사 '밥 먹자'를 무시하고 파리 1,2대학을 거쳐 판테온까지 걸었다. 판테온에서 본 에펠탑은 멀리 저녁노을을 배경으로 파리를 지키는 것처럼 우뚝 서 있었다. 프랑스의 국립묘지인 판테온에 묻혀 있는 유명한 사람들을 생각해 보면, 고작 7시간 투어를 한 것이 힘들어 주저앉아 있는 내 자신이 부끄러웠다. 그래도 가족에게 소리쳤다.

"밥 먹자!"

나의 미친 뜻을 그제야 이해한 가족들은 케밥집으로 들어갔다. (그때까지 케첩밥인 줄만 알았던 케밥이 터키에서 전해진 훈제 돼지 샌드위치였다.) 먹자골목이라 싸게 먹을 수 있었다.

저녁에 가족예배를 드리기 위해 엄마 방으로 갔는데 왜 눈을 뜨니 아침인 거지?

 3월 12일 루브르 박물관, 몽마르트르 언덕

▼ 루브르 박물관의 피라미드

아빠는 자유과 방종은 구분해야 한다고 하면서, 나에게 머리가 너무 지저분하고 학생답지 못하다고 지적을 하셨다. 내가 입고 다니는 카고 바지(주머니가 많이 달려있는 바지)도 문제가 되었다. 나는 위축되어 아빠 뒤만 쫄쫄 따라서 루브르 박물관에 갔다.

참, 내 이럴 줄 알았다. 내가 기분이 꿀꿀하면 안 좋은 일이 생긴다. 루브르 박물관 투어 회사의 착오로 우리 4명 가족 중에 2명이 예약이 안 되었단다. 한국에서 4인 투어 입금을 했는데도 말이다.

이곳이 정녕 루브르 박물관인가? 작은 나라였다. 박물관 입구에서는 공항처럼 기계로 입장객들의 가방검사를 했는데 폭발물이나 무기 같은 것을 소지했는지 확인한다고 했다. 프랑스에 입국할 때처럼 긴장이 되었다. 어쨌거나 투어는 해야 하기에 일단 박물관으로 들어갔다.

나름 첫 박물관투어라서 공부한다고 했는데도 내가 아는 것은 새 발의 피였다.

모나리자. '모나리자'는 보안이 철저했다. 방탄유리에, 전문 큐레이터가 대기하고 있었다. 또한 '모나리자'를 보기 위해 그림 주위를 둘러싸고 있는 사람들도 경호원들이나 마찬가지였다. 알고 보니 오래전에 있었던 모나리자 도난사건 이후 특별히 전시되고 있다고 한다. 그럼 처음에 한 소지품 검사제도도 모나리자가 한몫해서 만든 것이구나! 내가 상상했던 것보다 그림의 크기가 상당히 작았다.

가이드 아줌마는 모나리자가 유명한 이유로 신비한 미소 외에도 어느 방향에서 모나리자를 보든지 간에 모나리자는 관람객을 보고 있는 것이라고 했다. 오른쪽에서 왼쪽으로 가는데 정말 모나리자의 눈이 나를 따라 오고 있었다. 신기했다. 하지만 다른 그림들도 내가 어디에서 보든지 간에 나를 계속 쳐다봤다. '가이드 아줌마 뭐야!'

모나리자는 니케, 비너스상과 함께 루브르 박물관의 3대 미인이다.

승리의 여신 니케, 공식적인 이름은 '사모트라케의 승리의 여신'인 이

▲ 모나리자

▲ 밀로의 비너스

조각은 처음 발견 당시 얼굴이 분실되어서 걸맞지 않은 대접을 받던 때도 있었다고 한다. 책에서는 이 여신상을 시간과 우연의 걸작이라고 이야기했다. 니케상은 분실사고가 일어난 적이 없었는지 모나리자보다 더 가깝게 볼 수 있었다. 여신의 모습을 내가 느꼈던 감동대로 보려면 나이키 상표가 보이는 일명 나이키 자리로 가야 된다. 정면에서 오른쪽으로 45도 정도 틀어진 각도인 '나이키 자리'에서 보면 '휘이익' 하는 바람 소리가 들리는 것 같고 여신의 두 날개는 스포츠메이커 나이키의 상표

▲ 함무라비법전

모양을 하고 있다. '아니, 그렇다면 나이키의 진정한 뜻은 승리를 하라는 것이구나. 다음부터는 내 신발을 신으며 되새겨야겠군!' 그렇게 승리의 여신 니케상에 필이 꽂혀서 스포츠브랜드 나이키까지 좋아하게 되었다. 지금도 니케상을 보면 귓가에 스치는 바람 소리가 들릴 것만 같다. 니케상 이후에 보게 된 밀로에서 발견된 비너스상은 그리 감명 깊지는 않았지만 친구들에게 자랑할 거리가 생긴 것으로 기분이 좋았다.

그리고 알고 있는 사람들은 드물겠지만 함무라비 법전 역시 이 루브르 박물관에 있었다. 가이드의 친절(?)로 언니는 함무라비 법전을 살짝 만져보았다. 나도 만져보고 싶었지만 언니가 몰래 만지다 들켜서 경호원이 계속 우리를 주시하는 바람에 만져보지 못했다. 아니! 그런데 함무라비 법전 같은 중요한 것을 만지면 박물관 내의 보안경보시스템이 작동되어야 되는 것 아닌가? 루브르 박물관 안 되겠네.

평지로 이루어진 파리에서 몽마르트르 언덕으로 향했다. 파리의 언덕은 산이 많은 한국에 사는 나에게는 그다지 높게 생각되지 않고 공원에 있는 야산 정도로 느껴졌다. 말로만 듣던 몽마르트르 언덕의 화가는 한국말로 자꾸 내 초상화를 그려주겠다고 유혹을 했다.

적당히 외면한 채 언덕을 내려오는데 오색실을 손에 든 흑인들이 소리를 쳤다. 지나가는 관광객들의 손목에 친절하게 오색실 팔찌를 묶어주고 3만 원 정도의 과한 돈을 요구한다는 말을 들은 적이 있는 몽마르트르에서 조심해야 하는 분들이었다. 깜깜해지고 돈도 없는데 더 무서워져서 빨리 피해가려고 뛰기 시작하니, 흑인이 하는 말,

"Don't worry." 이말의 뜻은 즉 '해치지 않아요.'

우리가 그들의 판매방식을 파악한 것을 알았나 보다.

맛있는 달팽이 요리(escargot)와 피자, 오믈렛, 계란을 먹고 집으로 갔다.

분명히 샤워하려 했는데, 또 아침이구나!

3월 13일 오르세 미술관, 베르사유 궁전(투어)

하루 종일 투어를 하는 날이다. 오전에는 오르세 미술관 그리고 오후에는 베르사유 궁전 투어를 예약했기 때문에 다른 날보다 일찍 일어나 약속장소인 오르세 미술관으로 갔다. 언니가 엄마의 파리비지트(교통티켓의 일종)를 분실하고, 나는 또 아빠께 복장불량으로 지적당했다. 심지어 10분가량 약속장소에 늦어 가족 모두가 기분이 완전다운이었다.

오르세 미술관 가이드 아저씨는 그림을 그린 화가와 그림을 보는 기본 상식 그리고 그림이 그려진 시대의 역사까지 자신이 아는 것을 모두 다 말해주고 싶어 했다. 그래서 목이 아플 텐데도 쉬지 않고 설명했다. 아저씨가 그림에 대해 설명하는 것을 자랑스러워하는 것처럼 보여서 나도 즐거워졌다. 덕분에 고흐, 고갱, 드가 등 유명한 화가의 이름들을 여러 번 들었다. 물론 많이 봤던 그림들도 많았다.

밀레(Millet, Jean Francois)는 농촌의 전원풍경을 주로 그린 자연주의

▼ 광활한 베르사유 궁전의 정원

화가인데 그의 작품 '이삭줍기'는 얼마 전 모 과자 CF에도 나왔다. 나는 사람들이 '이삭줍기' 그림을 왜 좋아하는지 아직도 잘 모르겠지만, 아는 그림을 만나서 참 반가웠다.

모네(Monet, Claude)는 인상주의를 대표하는 화가이다. 빛에 의해 시시각각으로 변하는 자연의 색을 순간적으로 포착하여 자연을 표현한 인상파이다. 그의 작품 '루앙 성당 연작'은 중학교 1학년 미술교과서에 나온다. 똑같은 장소에 있는 성당 건물을 시간을 달리하여 여러 장을 그린 것이다. 그래서 그림 속에 있는 날씨도 다르다고 한다. '루앙 성당 연작'은 실내에서 그린 그림보다는 밝고, 빛의 변화를 표현하기 때문에 형태보다는 시시각각으로 변하는 색의 느낌을 표현하고 있다고 한다. (이상은 교과서에 실려 있는 그림에 대한 설명이다.) 미술책의 그림은 흐릿하니 알아볼 수 없었는데 실제 그림은 빛과 날씨에 따라 성당이 변하는 것이 한눈에 보였다.

중학교 2학년 미술 교과서에서 본 모네의 '수련'에서 나오는 카리스마는 나를 홀렸다. 나는 '수련' 그림을 내 방에 가져다 놓고, 매일 보고 싶었다. 모네는 백내장으로 시력장애를 겪으면서 이 그림을 그렸다고 한다. 이 그림들을 중학교 2학년 때 미리 알고 있었다면, 미술 시험공부를 10분은 더 안 해도 되었을 텐데!

이곳은 세상의 그림들을 모두 모아 놓았는지 엄청 많았다. 유명한 화가의 그림도 있었지만 처음 들어본 이름도 많았다. 프린트된 그림에서는 느낄 수 없는 카리스마를 느낄 수 있었다. 특히 고흐의 그림은 훔치고 싶을 만큼 사람을 빨아들이는 작품이었다.

베르사유 궁전으로 가는 일정이었다.

그러나 베르사유 궁전행 열차를 늦게 탔기 때문에 점심 먹을 시간이 없었다. 또한 베르사유 궁전을 둘러볼 수 있는 미니버스도 못 탔다. 열차를 늦게 탄 이유는 투어팀 중 한 명의 스위스행 야간열차 예약을 가이드 언니가 해 주면서 시간배정에 차질이 생긴 것이다. 한 사람을 봐 주려다 여러 명의 시간과 관광내용이 망가지니 속이 상했다. 나는 아침에 약속장소에 늦은 관계로 아무 말도 못했지만 몇몇 사람들은 구시렁거렸다.

베르사유에도 어김없이 장사꾼 무리들이 제일 먼저 반겨주었다.

"원 유로! 안, 녕, 하, 세, 요, 원 유로!"

한국에서 베르사유 궁전은 웅장하다고 들었는데 내게 이 말은 무척 신비롭게 들렸다. 프랑스에 있는 웅장한 궁전이라니! 나는 우리 집에서 보이는 앞산만큼 높은 궁전을 생각하기도 했고, 어린이 대공원만큼 넓은 궁전에 살고 있는 프랑스 왕을 상상하기도 했다. 그러나 남산만큼 큰 줄 알았던 베르사유 궁전은 그냥 궁전들 중에 큰 것이었다. 하지만 베르사유 궁전이 역사적으로 대단한 곳임에는 틀림없다. 국왕의 권력을 과시하기 위해 지나치게 화려하게 꾸몄던 궁전, 겉모습은 위풍당당하게 느껴지지만 만화영화 '베르사유의 장미'에 나오는 '마리 앙투아네트'가 단두대의 이슬로 사라지는 것이 생각나는, 안쓰럽고 마음 아픈 궁전이다. 베르사유 궁전을 지을 수 있을 정도의 권력을 가진 루이 14세가 '태양왕'이라는 별명으로 불렸다니 프랑스의 국력을 짐작할 수 있다. 사람들이 표현하는 '웅장하다'는 느낌을 이해할 수 있었다.

궁전을 나오니 또 장사꾼들이 반겨주었다. 1유로에 열쇠고리를 8개씩이나 살 수 있었다. 그렇다면 도대체 2유로에 하나씩 파는 노트르담에서는 열쇠고리 하나로 얼마나 이익을 보겠다는 거야? 딸그락 딸그락! 어쨌든 오늘 친구들을 위한 기념품을 한방에 해결했다. 베르사유궁전 앞에서 에펠탑 열쇠고리를 사는 것으로 오늘의 투어를 마무리했다.

tours(파리근교-뚜르) 쉬농소chenonceau 성,
레오나르도 하우스, 웅브르 성 chateau ouvert
toute l'annee

TGV 떼제베, 이름만 들으면 떼만 쓰고 거북이처럼 천천히 달려서 시간만 잡아먹을 것 같은 기차였다. 그렇지만 프랑스에서 탄 떼제베는 좌석도 넓고 깨끗했으며 눈 깜짝할 사이에 목적지인 뚜르까지 우리를 데려다 주었다.

역에 도착하자마자 책임감 강한 아빠는 관광안내소를 찾아 뛰어다녔다. 엄마도 뛰어 다니고 있었는데, 알고 보니 엄마는 우리 몰래 유료화장실을 사용하고 계셨다. '그렇게 돈을 아껴야 된다고 하더니 한꺼번에 1,750원(화장실 1회 이용료)이라는 돈을 소비하다니! 엄마는 내부의 적이나 다름없어!'

100유로를 내고 하루 교통을 다 연결해주는 관광가이드차를 탔다.

처음 도착한 곳은 Chenonceau 성이었다. 중학교 2학년 미술교과서를 펼치면 첫 장에 쉬농소 성의 거대한 정원이 나온다. 기하학적으로

▲ 물위에 있는 쉬농소 성

▲ 앙부아즈 성

절제된 인공미에 의해 꾸며진 것으로 프랑스 정원의 특색을 보여 준다
고 한다. 강 위로 지어진 성과 여러 개의 정원은 옛날 프랑스 귀족들의
별장이라고 했다. 별장에는 갤러리까지 있었다. '내가 옛날에 프랑스에
서 태어났었다면 이런 성에서 살았을까?' 하고 상상해 보았다.

▲ 레오나르도다빈치의 유해가 안치된 곳

▲ 레오나르도 다빈치의 묘

그리고 두 번째 장소는 레오나르도 다빈치 하우스이다. 레오나르도 다빈치의 모나리자가 루브르 박물관 소유가 될 수 있었던 결정적인 이유가 된 것 중의 한 곳이라고 했다. 이곳은 다빈치가 말년에 살았다. 다빈치가 살았던 장소로도 뜻이 깊지만 그가 구상한 것들을 작품으로 실현시켜 놓은 것들이 관심을 끌었다. 현재도 쓰이는 수레바퀴의 원형이 있었고 쓰이지 않더라도 영향을 줬을 법한 발명품들이 마음에 들었다.

레오나르도 하우스를 뒤로 도착한 곳은 웅브르 성. 늦게 도착해서 그런지 사람들이 거의 없었다. 다빈치의 묘가 있었고, 지대가 높아 뚜르 시내가 한눈에 다 보였다. 뚜르 지방의 집들은 지붕이 거의 붉은 벽돌색이었다. 사람들이 없는 덕분에 우리는 맘 놓고 코믹사진을 찍었다. 언니가 비장한 얼굴로 말을 했다.

"유라야, 나 이제부터 레오나르도 다빈치의 제자가 되어야겠어. 그만큼 천재였던 사람은 없어!"

그렇다. 사람들은 레오나르도 다빈치를 인간이라고 표현하기가 어려울 정도로 위대하다고 한다. 하지만 우리 언니는 지극히 평범한 인간이다. '변덕! 어찌하여 그대의 스승은 허구한 날 바뀌노?'

언니는 초등학생 때부터 삼국지의 지은이를 비롯해 록 그룹 더트랙스 등등, 셀 수 없이 많은 사람들을 숭배했다. 그중 제일 오래갔다고 말할 수 있는 사람은 피아니스트 이루마였다.

그것도 엄마가 콘서트 표를 두 번 구해준 덕분에 1개월을 넘길 수 있었다.

'다빈치는 얼마나 오래갈까 두고 보자.'

2. 이탈리아

 **3월 15일** 파리(프랑스) → 나폴리(이탈리아)

눈뜨자마자 짐부터 서둘러 쌌다. 허겁지겁 세수도 못하고 나왔지만 아빠가 10시에 이미 불러놓은 콜택시 요금은 이미 기본요금의 거의 세 배가 올라간 18유로였다. 내가 조금만 더 일찍 준비하고 나갔더라면 돈을 아낄 수 있었을 텐데……. 아빠, 엄마, 언니까지 다 그런 마음이 있었는지 공항으로 가는 동안 서로서로 눈치를 보며 미안해했다. 다행히 비행기를 타는 일은 순조롭게 진행되었다. 그렇게 '프랑스'라는 나라에서 '이탈리아'라는 나라로 이동하게 되었다.

이탈리아는 많은 문화재들이 있지만, 문화재만큼이나 소매치기도 세계적이라고 한다. 내가 이탈리아로 가는 심정은 마치 한국에서 말이 통하지 않는 프랑스로 가는 첫 유럽여행 못지않게 긴장되었다. 가방을 보물같이 껴안고 초긴장했다.

저녁 6시, 조금씩 해가 지고 있었다. 배가 너무 고파 헉헉대면서 지도를 보고도 찾기 어려운 곳에 있는 맛집을 겨우 찾아냈다. 그런데 나폴리의 음식점은 저녁 식사 시간이 무조건 7시 30분부터 시작이다. 허기가 지고, 해도 지고, 마음도 어두운 나폴리에서 지쳐 쓰러질 것 같았다. 그때였다. 뒤에서 따라오시던 아빠가 말했다.

"저 사람, 엄마 뒤에 자꾸 붙어 있더니 배낭 주머니에 손 넣으려고 한다."

너무 배가 고파서 잠시 이곳이 나폴리라는 것을 잊었던 것이다. 나폴리, 관광객의 발길은 점점 더 적어지는데 소매치기들의 손놀림은 더 발전하는 이곳, 그 이후부터 주변을 둘러보니 몇몇 남자들이 우리 가족을 주시하고 있었다. 그들의 눈은 모두 우리가 들고 있는 가방 쪽으로 향해 있었다.

제일 기억에 남는 소매치기를 뽑자면 2인조를 뽑을 수 있겠다. 역시 레이더망에 걸린 사람은 나와 같이 가고 있는 엄마였다. 어린 아이를 데리고 여행을 하는 동양인 여자가 돈 많고 허술해 보였나 보다. 이미 대각선 방향으로 조금 앞쪽에서 같이 걷고 있던 아빠의 귀띔으로 우리는 그들의 존재를 알고 있었다. 2인조 소매치기 중에서 여자가 엄마의 앞으로 가고 남자가 뒤로 가면서 작업을 시작하려던 순간 엄마가 옆으로 비켜섰다. 그리고 엄마가 그들을 바라보니까 그들은 당황해 하면서 빨리 앞으로 걸어갔다. 지금 생각해 보면 그대로 가만히 있어보아도 될 것 같았다. 도대체 어떤 방법으로 주머니에 돈도 없는 우리 엄마를 눈속임하려 했을까? 중요한 돈과 여권은 절대로 주머니에 넣지 않고 몸에 감춰두기 때문이다.

7시 30분이 되어서야 감사하게도 이탈리아 전통 레스토랑에 들어갈 수 있었다. 올리브유 샐러드, 카레 맛 리조또 그리고 처음 먹어 보는 느끼한 튀김 피자, 엄마와 언니, 나는 별로였는데 아빠만 혼자 맛있게 드셨다.

'나폴리띠아모'라는 숙소로 갔다. 천정이 높아서 조금 고급스러운 느낌이 들기도 하지만 오래되어 낡은 건물이었다. 옛날에는 아주 좋은 집이었을 텐데 지금은 문이 덜컹덜컹 흔들리는 낡은 여행자들의 숙소였다. 방문열쇠는 동화책에 나오는 마술열쇠처럼 크고 길게 생긴 구리로 만들어 진 것이었다. 그리고 그것은 손목만큼 크고 둥근 고리에 끼워져 있었다. 문을 여는 것도 장난 아니다. '덜그럭 덜그럭' 10분이 지나도록 문이 안 열린다. 그래서 데스크 직원을 불렀다. 직원이 한방에 여는 것을 보니 불편함을 전혀 모르는 듯했다. 우리 가족 중의 기술자인 나는 밤새 열쇠와 열쇠구멍을 연구했다. 언니는 시끄러워서 잠을 잘 수가 없다면서 데스크 직원에게도 방해가 될 것이라고 하지 말라고 했다.

엄마는 언니가 남의 눈치를 많이 보고 남의 시선을 의식한다고 하지만 아빠는 언니가 매너 있다고 한다. 엄마는 나보고 솔직하면서 시원시원하고 적극적인 성격이라고 하지만 아빠는 내가 말을 함부로 한다고 한다. 언니는 엄마 옆에 있으면 소극적인 딸이 되지만 아빠 옆에 있으면 배려 깊은 딸이 되고, 내가 아빠 옆에 있으면 건방진 딸이 되지만 엄마 옆에 있으면 성격 좋은 딸이 된다. 결국 내가 엄마와 이야기를 할 때는 나에게 언니는 소극적인 언니이고, 언니가 아빠와 이야기를 할 때는 언니에게 나는 건방진 동생이 된다.

건방지니, 눈치 보니, 하면서 싸우다 아침이 되었다.

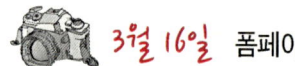 **3월 16일** 폼페이

Naple's Morning!
부지런한 아빠는 버스에 타자마자 소선생(소매치기)의 작업현장을 목격했다. 아니 벌써! 우리 옆에 있던 정장을 차려 입은 멀쩡한 신사분이 아빠를 피해서 다른 사람의 주머니에 손을 넣다가 아빠의 눈에 띈 것이다. 진짜 멀쩡하게 생겼는데…….

아무튼 조금이라도 마음 놓으면 안 될 곳이라니까!

폼페이로 가는 지하철에서 미국 San Francisco에서 온 가족을 만났

▲ 폼페이의 복원된 거리

▲ 폼페이의 원형경기장

다. 매일 이태리 말만 듣다가 그나마 알고 있는 미국 말을 쓰는 사람들을 보니 친구처럼 반가웠다.

지금으로부터 2,000년 전쯤 로마시대에 폼페이 뒤쪽에 있는 베수비오 화산이 폭발했다. 폭발할 때 나오는 화산석 알갱이와 화산재가 폼페이 도시 전체와 거기에 있는 모든 살아 있는 생명의 자취를 흔적도 없이 덮어 버렸다. 순식간에 마을이 없어지고 이후 1,600년 동안 세상에서 사라졌다. 그렇게 세상에서 잊혀 있다가 1,700년경에 발견되어서 무엇에게도 간섭 받지 않은 로마시대의 생활상을 원래 그대로 볼 수 있기 때문에 폼페이가 유명하다고 한다. 폼페이로 가는 여행은 타임머신을 타고 과거로 돌아가는 일정인 것이다. 그런데 문제는 아직도 활화산이라 언제 또 다시 터질지 모른다는데…….

폼페이로 입장. 난 순간 폼페이가 무슨 애견센터 이름인 줄 알았다. 개가 우째 이리 많노. 초소형 견에서 트리플 엑스라지까지, 누렁이부터 백구까지 종류도 다양하오. 입구부터 개들이 늘어져서 누워 있었다. 큰 대자로 뻗어 있는 놈도 있었다. 보호되고 있는 문화재에까지 누워 있으니……. '개 팔자가 상팔자' 였다.

'그래, 니 인생 편하다. 아니 견생.'

폼페이에는 볼 것들이 참 많았다. 절규하는 사람의 형태로 굳어 버린 화석도 있었고 화산재와 연기를 막기 위해 웅크리고 죽어간 사람화석도 있었다. 지금은 형태만 가까스로 남아 있지만 눈을 감고 그 모습을 떠올리면 처음 화산이 폭발했을 때 필사적으로 살고자 도망치던 사람들의 모습이 저절로 떠오른다. 슬펐다.

투어 도중에 프레스코화가 있는 어떤 집에 도착했는데 가이드 아저씨가 아이들은 안 된다고 하면서 어른들만 데리고 들어갔다. 그래서 언니와 나 그리고 엄마까지 들어가지 않고 우리와 같이 있었다. 미성년자들에게 금지구역은 왜 이리 많은 거야. 어른이 되어서 다시 와 봐야겠다.

▲ 폼페이에서 죽어가던 사람들

 **3월 17일** 나폴리 ➜ 로마museo cappella sansevero를 포함한 4개의 성당 ➜ 고고학 박물관 ➜ 산마르티노 광장(국립박물관, 엘모 성)

아침에 일어나서 일정을 살폈다. 나폴리에서의 마지막 날이라 해야 할 것이 많았다. 나는 피곤했기 때문에 지도도 보지 않고 그냥 엄마 뒤만 따라갔다. 엄마는 이태리 담당 가이드지만 이리저리 많이 헤매서 아빠랑 신경전 중이었다. 그렇지만 나도 엄마를 도와주기에는 몸이 말을 안 들었다.

우리가 간 곳은 나폴리에서 유명한 성당이었다. 그러나 파리에서 이미 성당을 세 곳이나 들렀고 그중 하나는 노트르담 성당인지라 이미 눈이 높아져 있었기 때문에 신비하게 느껴지지 않았다. 카펠라 성당(cappella sansevero)은 입장료를 5유로나 받았다. 노트르담 성당도 공짜로 구경했는데 5유로라니, 엄마가 총 여행비용에 비하면 성당의 입장료는 싼 것이라서 공부라 생각하고 봐야 한다고 우겼다. 억울했지만 울며 겨자 먹기로 어쩔 수 없었다. 역시나 5유로의 값어치가 없었다. 조각들과 그림들이 많았지만 유래도 전설도 심지어 상징도 모르기에 나에겐 그저 돌덩이와 종이쪽지에 불과했다.

엄마와 아빠의 냉전 상태가 엄마에게 집중력을 주어서 길을 쉽게 찾게 했다. 나폴리 고고학 박물관으로 직행했다. 시간을 아끼기 위해서 언니와 아빠가 한 팀이 되고, 나와 엄마가 짝이 되어 박물관을 관람하기로 했다. 역시 모르면 보석도 소용없나 보다. 조각들도 그저 조각이었다. 내용을 하나하나 알고 있다면 더 흥미로울 텐데……. 박물관은 쓸데없이 너무 넓었다. 그저 이집트의 유물과 폼페이 흔적만 많이 전시되어 있었다. 이태리의 조그만 도시인 나폴리의 박물관까지 이집트 유물로 도배되고 있으니 지금 이집트에는 무엇이 남아 있을까!

이 골목 저 골목을 돌아서 에스컬레이터도 몇 번 타면서 산마르티노 광장을 가는 중이었다. 한 중년의 아저씨가 오셔서 "castle elmo(산마르티노의 성)?" 하며 친절하게 말을 걸었다. 아저씨는 1988년 서울 올림픽 때 한국에 방문한 적 있어서 한국 사람을 좋아한다고 했다. 그리고 지금은 까메오 공장을 가족과 같이 경영한단다. 이태리는 까메오로 유명하니 구경하고 가라는 말에 의심 반 호기심 반 '밑져야 본전이지' 하는 마음으로 따라갔다. 까메오 브로치 가게였다.

'흐흐 우리가 하나 사고 나갈 줄 알았지?'

적당히 '그라찌에' 나불나불하면서 살짝 가게에서 나왔다.

'쳇, 우리를 뭐로 보고······.'

바로 맞은편에 엘모 성과 산마르코 광장이 있었다. 국립 박물관을 먼저 가야 엘모 성도 저렴하게 볼 수 있기 때문에 국립 박물관부터 들어갔다. 박물관은 처음에 수도원이었다가 19세기에 국립 박물관으로 바뀌었다고 한다. 담벼락을 타고 올라간 담쟁이덩굴과 단순하면서도 튼튼해 보이는 쇠 철문들이 누구도 함부로 들어갈 수 없게 보이는 수도원의 느낌을 준다. 내부에는 수도원의 흔적이 많이 남아 있었다.

▲ 나폴리의 수도원

"이곳이 분명히 수도승들이 걸어 다녔던 자리일 거야! 얼른 사진 찍어."

엘모 성이 우리를 기다리고 있기에 얼른 나왔다. 엘모 성의 특징은 무엇일까? 엘모 성의 꼭대기에 있는 엘리베이터에서 내리면 바로 알게 된다. 높은 지대에 있는 엘모 성에서는 나폴리를 한눈에 내려다 볼 수 있다. 멀리 보이는 현대식 고층빌딩, 옛날부터 있던 빨간색의 작고 오래된 집들, 주변의 성들, 나폴리 바다 위에 떠 있는 배들 그리고 하얗고 날씬한 지중해의 요트들……. 모두 합해져서 유명한 사진작가가 아니더라도 사진만 찍으면 작품이 된다. 또 나폴리에 오면 하늘을 봐야 한다. 파란색을 따라서 분홍색이 되더니 연자주색, 연보라색, 회색, 하늘색 그리고 그 사이에 보이는 두 점의 구름들이 뭐라고 표현할 수 없다. 게다가 하늘과 바다 사이에는 경계선(수평선)이 없어서 하늘이라 하면 하늘이 되고, 바다라고 하면 바다가 되어 버린다. 하늘 구경만 했는데 시간이 20분이나 지났다. 하늘에서 날아다니다 바다로 풍덩 빠져 물장구치며 놀고 싶었다.

아, 석양이 지고 이제 이 노을 진 하늘도, 아름다운 나폴리도 떠날 시간이다. 하지만 로마 역시 이만큼 어쩌면 이보다 더 강한 매력으로 나를 끌어당길 수 있겠지. 소선생들이 많다고 두려워했던 나폴리에서 떠나기가 싫어질 줄이야…….

나폴리야, 언제일지는 모르지만 꼭 다시 돌아올게.

여기는 기차역. 유로스타를 타고 로마에 가기 위해 맥도날드에서 기다리고 있다. 맥도날드로 오는 도중에 있었던 일 하나. 아빠보다 조금 나이가 들어 보이는 사람이 우리에게 어디로 가느냐고 물었다. 로마라고 했더니 데려다 주겠다며 갑자기 우리 짐 가방을 들고선 앞장서서 달려가다시피 하는 게 아닌가. '가방도둑이구나' 생각해서 정신없이 쫓아갔다. 그런데 천만에. 과잉친절을 베풀고 돈을 요구하는 귀여운 소선생 사촌이었다. 결국 아빠는 50센트를 드려야만 했다.

'엄마 말씀이 맞아. 과잉친절은 무조건 조심.'

사람들이 많이 다니는 기차역이라서 그런지 맥도날드 직원도 영어를 할 줄 알았다. 세트메뉴를 사고 있는데 한 흑인이 맥도날드에서 큰 소리를 지르며 난동을 피우는 것이다. 유럽의 맥도날드에는 꼭 한 명씩 남자

경호원이 있는데 이곳에 배정된 경호원은 요즘 트렌드에 맞춰진 몸매의 소유자였다. 다이어트에 목숨 거는 여성들이 부러워할 삐쩍 마른 젓가락 몸매였다. 경호원은 덩치 큰 난동 흑인 아저씨를 어떻게 상대해야 할지를 몰랐다. 결국에는 난동을 부린 흑인 한 명 때문에 주변 경찰들이 다 모이는 상황이 발생했다. 도대체 그 삐쩍 마른 아저씨는 어떻게 직장을 얻게 된 것일까?

▲ 거리의 행위예술가

한 시간이나 연착된 로마행 기차를 탔다. 이제 두 시간 후에 로마에 도착한다.

'아! 피곤해.'

'이 늦은 졸린 시간에 왜 일기를 쓰냐고?'

'잠이 안 오거든. 안 오는 게 아니라 못 자겠어. 내 앞좌석의 승객은 코를 골고, 뒤에 있는 아빠는 신발을 벗었는지 발 냄새가 진동하고……'

일등석의 열악한 환경은 웃기지도 않았다.

눈뜨고 나니 로마였다. 한국인 민박에 대한 좋지 않은 선입견을 가지고 있다면 내가 깨 주겠다. 민박은 방 하나에 이불 던져 주는 게 아니다. 깨끗한 침대가 있다. 편안하게 잠을 잘 수 있었다.

이태리어 한마당

그라찌에 : Thank you

본 조르노 : Hi

씨 : Yes

노 : No

미스꾸지 : Excuse me

바이비아 : 저리 가 ← 내가 배운 말 중 제일 유용하게 쓰였다.
특히 언니한테······.

 **3월 18일** 내셔널 로마 박물관 ➡ Sant'Angelo 성 ➡ 나보나
광장

코끝으로 흘러드는 김치냄새에 '아침이구나!' 싶어 벌떡 일어났다. 정확히 10일이 지난 셈이다. 한식 덕분인지 느낌이 좋았다.

느낌은 느낌일 뿐이다. 테르미니 역 내에 있는 관광안내센터(Tourist information)로 가니 오늘은 일요일이라서 대부분의 관광지들이 안 열고, tour bus도 운행 안 한다는 것이다. 막막하다. 어디 갈지도 모르겠고 그냥 벤치에 앉았다. 이태리 관광 담당 엄마의 황당함이란!

'나는 엄마가 따라 오라면 따라가고, 저리 가라면 저리 가야지, 어찌합니까.'

그렇게 도착한 메트로에는 내려가는 에스컬레이터가 3개가 있었다. 로마에는 땅만 파면 유적지가 나와서 지하철 공사를 하는 것이 상당한 시간이 걸린다고 한다. 그래서 지하철도 별로 없다.

내셔널 로마 박물관에 갔다. 또 그냥 그리스 로마 신들과 조각들이 많이 전시되어 있었다. 나는 그저 그랬는데 언니는 너무 재미있게 보고 있었다. 사실 나도 여행 전에 이윤기 씨의 '그리스 로마 신화' 책을 1.2권 다 읽고 왔다. 하지만 그것은 엄마의 강요로 읽은 것이라 기억이 잘 나지 않았다. 언니가 조각의 제목과 신화를 알려주어서 그냥 조금 주워들었다.

재미없는 박물관을 나와 Sant'Angelo 성으로 갔다. 성의 꼭대기에 라파엘 천사의 조각상이 있는 성이다. 성으로 가는 바로 앞 다리에는 보따리 장사들과 포장마차 상인들이 짝통 물건들을 팔고 있었다. 애초에는 하드리아누스 황제의 묘지로 만들었으나 혹사병을 퇴치하는 데 도움이 되어 묘지로는 60년밖에 쓰이지 못하고 교황의 긴급 피난용 요새로 개조되었다가 지금은 박물관으로 사용 중이다.

로마 시내가 아름답게 눈에 들어왔다. 특히 잡상인들이 많던 그 다리는 물건에 눈이 팔려서 걸어올 때는 몰랐지만 위에서 내려다보니 넓이도, 장식도 양 옆의 다리들보다 훨씬 멋있었다. 그리고 벼룩시장이 열린다는 나보나 광장으로 갔다. 언니가 아침에 벼룩시장이 열린다고 말했다. 지금이 비록 오후 5시이지만 벼룩시장이 열려 있길 내심 기대하며 갔지만 벼룩시장이라는 것은 있지도 않았다. 나보나 광장에는 3개의 커다란 분수가 있었다. 그리고 걸어 다니는 관광객들 사이로 캐리커처 그려주는 화가들, 풍경화 파는 사는 사람들이 많았다.

"저기 그림들 중에는 나중에 모나리자처럼 비싸질 그림이 있을 거야. 하나 건지자." 언니가 말했다.

내 마음에 든 조니뎁 초상화는 판매원이 없어 살 수가 없었다.

'저 그림이 10년 후에 유명한 그림이 될 수 있을까? 만약 그렇게 된다면 난 재벌이 될 수도 있는데. 흑흑흑.'

전자기타를 치며 노래를 부르는 사람이 모자를 가지고 모금을 했고, 외발자전거를 타면서 저글링을 하는 사람도 있었다. 저녁에 숙소로 가는 중이었다. 만원버스라서 내 머리 위로 사람들의 손이 모두 손잡이를 잡고 있어 버스 천정이 보이지 않았다.

'여보세요. 그 위쪽 공기는 어떤가요?'

내 뒤의 어떤 외국인(이태리 사람처럼 보인다.) 남자가 자꾸 내 주머니에 손을 넣으려 하는 것이었다. '앗, 소선생이구나!' 감이 왔다. 계속 그 손을 주시하니 그 사람이 눈치를 채고 시치미를 떼며 손을 버스 손잡이로 올렸다. 분했는지 내 머리를 툭 치고는 "Sorry!" 했다.

만원버스는 엄마를 정말 화나게 했다. 왜냐하면 언니 옆에 있던 보통 키의 남자가 언니의 엉덩이를 만지는 것 같았는데 엄마가 그게 소매치기였느냐 아니면 변태였느냐고 언니에게 물었더니 언니가 변태였다고 말했다. 그것이 엄마를 분노하게 만들었다. 소매치기였으면 좋았을 것을. 엄마는 언니에게 적극적으로 피하지 못했다고 화를 냈고, 언니는 옴짝달싹도 할 수 없었는데 어떻게 하냐며 엄마께 대들었다. 엄마는 '무슨 무슨 놈' 하면서 화를 내더니 급기야는 우셨다. 결론은 나는 어려서 괜찮은데 언니는 바늘을 가지고 다니다가 이상한 낌새가 보이면 바늘을 꺼내서 찌르라고 했다.

자기 몸은 스스로 보호해야 한다. 참고로 우리 언니는 고등학교 1학년이다. 만원버스는 정말 싫다!

 3월 19일 로마 투어(카타콤, 도미네 퀴바디스 성당, 대전차
경기장, 진실의 입, 포로 로마노, 판테온, 트레비
분수)

로마는 2년을 관광해도 다 보지 못할 정도로 볼 것이 많다고 한다. 2년을 한 번의 투어로 채우는 것은 부족하겠지만 투어를 하는 것이 우리끼리 다니는 것보다는 낫겠다고 생각해 비싼 가이드가 있는 로마투어를 하기로 했다. 투어에서 중요한 것들을 먼저 배워야 되기 때문이었다.

첫 번째 간 곳은 네로 황제 시대에 기독교인들이 박해를 받으며 몰래 무덤 속에서 예배드리던 곳, 카타콤이다. 카타콤의 한국인 수사님이 설명을 해 주시고 그 후에 가이드도 부연 설명을 해 주었는데, 특히 하트의 기원이 카타콤에서 나온 게 유력하다는 것이 인상적이었다.

다음 코스인 도미네 퀴바디스 성당으로 가는 길은 정말 아름다웠다. 길가의 큰 나무들과 그 옆의 올리브나무들이 쭉 늘어서 있어서 남이섬

▲ 예수님의 발자국

처럼 똑바르게 길을 만들어 주었고, 나무 건너편의 풀밭에는 노란 꽃 사이사이로 빨간색 양귀비꽃이 팥빙수의 체리처럼 보이는 게 마치 동화 속에 들어온 듯한 환상에 빠지게 했다. 처음 본 양치기와 양떼들은 성당에 찍혀 있는 예수님 발자국을 실제로 일어난 일인 양 믿게 했다. 논리적으로 따지자면 사실이 아닐 수 있지만 세상에는 우리가 알고 있는 상식으로 설명할 수 없는 일들이 많기 때문에 예수님의 발자국을 가지고 내가 사실이다, 아니다 말하는 것은 어리석다.

　예수님 발자국 성당을 나와 도착한 곳은 대전차경기장이었다. 대전차경기장은 서로 마주보고 있는 두 언덕에 위치한 마을끼리 싸움이 일어나서 화합하기 위해 만들어진 경기장이라고 한다. 대전차경기장에서 2분 정도 거리에 있는 성당에 있는 '진실의 입'이 나는 마음에 들었다. 영화 '로마의 휴일'에서 여자 주인공이 '진실의 입'에 손을 넣어 본 이후로 굉장히 유명해졌다. 그런데 가이드의 말로는 진실의 입이 사실은 하수구의 뚜껑이었다고 한다.

▲ 진실의 입

　'진실의 입'은 눈과 입이 뚫려 있고, 입에 손을 넣은 상태에서 거짓말을 하면 손이 잘린다고 한다. 일본 사람들이 많이 기다리고 있었다. 가이드의 말로는 카타콤에는 일본인들의 단

체투어가 없고 개인적인 관광으로도 거의 오지 않는데 유독 '진실의 입'
에는 일본인 관광객들이 많다고 했다. 이유가 무엇일까?

약 15분간을 '진실의 입'과의 만남을 위해 줄을 서서 기다렸다. 약 45
초간 사진을 찍었다. 언니 독사진, 내 독사진, 언니와 같이 찍은 사진,
또 내 독사진, 이렇게 찍었는데 처음 내 독사진을 찍기 전 약 3초 정도
의 여유가 있어서 소원을 속으로 한번 말해 봤다. 손이 잘리지 않은 것
으로 봐서 사실이길 바래야지. 그리고 나의 소원은 비밀!

그렇게 오전 투어를 마치고 오후 투어를 위해 포로 로마노 앞의 캄피
돌리오 광장에 모두 모였다. 캄피돌리오 광장으로 올라가는 계단 '꼬르
도나타'는 미켈란젤로의 작품이라 한다. 계단의 위쪽을 아래쪽보다 더
넓게 설계하였기 때문에 계단을 오를 때는 힘들게 보이지 않으면서 계
단도 짧아 보이는 효과가 있고, 계단 위에서 아래를 내려다볼 때는 거
의 평면으로 보이도록 해서 계단을 내려가는 사람이 쉽게 내려가는 느
낌을 가지도록 되어 있다고 한다. 그래서 계단을 오르는 사람들이 실제
는 높은 계단을 시각적 효과를 통해 쉽게 오를 수 있게 된다. 그리고 광

▲ 캄피돌리오 광장

장 바닥 또한 비밀이 있는데 비행기를 타고 하늘에서 광장을 내려다보면 하나의 선으로 만들어진 해 모양이 바닥에 그려져 있다. 광장 중앙에 있는 마르쿠스 아우렐리우스 기마상은 모조품이고 진품은 옆의 건물인 캄피돌리오 박물관에 있다고 했다.

▲ 로마의 전설 로물로스와 레무스와 늑대상

'나야 뭐 내일 박물관을 가겠지만 못 가는 사람들은 비행기를 타면 안 되겠군요.'

늑대의 젖을 먹고 자란 쌍둥이 형제 로물루스와 레무스가 기원전 753년에 테베레 강가에 도시국가를 건설했다. 그러나 형제간에 운명적인 권력싸움이 벌어졌다. 로물루스가 레무스를 죽이고 자기 이름을 따서 나라 이름을 로마라고 지었다.

'쌍둥이 형제에게 젖을 먹이는 늑대상'을 지나 포로 로마노로 가는 도

▼ 포로 로마노

중이었다. 조금씩 내리던 비가 갑자기 '주르륵'이 아닌 '쫘아' 내리는 게 아닌가! 우리는 우산이 4개가 있었지만 다른 관광객들이 우산이 없는 관계로 언니와 아빠가 우산을 같이 쓰고, 엄마와 내가 같이 쓰고 나머지 2개의 우산을 산

▲ 로마 개선문

가격인 4유로에 다른 사람들에게 팔았다.

처음에 들어가니 포로 로마노가 한눈에 보였다. 포로 로마노는 분지 지형이다. 그곳에서 사진을 찍고 우리는 눈에 불을 켜고 개선문으로 뛰어 들어갔다. 개선문이 특별해서가 아니라 비(Rain)를 피하기 위해서다. 비(Rain)가 가수이면 얼마나 좋을까.

개선문은 어떤 왕이 아라비아에서 이기고 기념하기 위해 세웠다는데 비가 내려서 가이드의 안내는 귀에 들어오지 않았다. 그냥 원로원으로 갔다. 사회책에서 여러번 봤던 원로원 천정은 무슨 멀대 마냥 높았다. 도대체 그곳에서 어떻게 회의를 했었는지 이해가 되지 않았지만 비를 피하기에는 딱 좋은 장소였다.

원로원을 나와 성스러운 길을 지나 비를 피하기 위해 바실리카 오브 멕센티우스로 갔다. 원래는 들어가지 못하게 되어 있는데 비가 와서 열어 놨나 보다. 내 옆의 노랑머리 아이가 건물에서 떨어진 돌 조각을 하나 집기에 나도 몰래 하나 집었다. ← 이런 모양. 기념물 하나 건졌다.

그곳은 옛날에 시장기능을 하는 곳이었다고 한다. 지금은 그냥 돌덩이로 옛날의 형태가 없지만 돌의 형태로 보나 크기로 보나 거대했던 모양이었다.

심술쟁이 비가 와서 콜로세움이 너무 미웠다. 콜로세움 때문에 내가 빗속에서 20분을 더 관광을 해야 한다.

3월 20일 콜로세움 → 포로 로마노 → 카피톨리니 박물관
Capitoline Museums

4성급 호텔에 세 명으로 예약을 하고 4명이 들어가서 잤기 때문에 아침 식사는 양심 있게 언니를 뺀 세 명만 먹었다. 4성급 호텔이라서 그런지 품위 있게 뷔페로 많이 먹을 수 있었지만 나는 호텔사장님에게 미안해서 조금만 먹었다. 품위 있게 먹은 만큼 든든하게 하루를 시작해야지.

목욕한다고 식사를 같이 하지 않은 언니가 식사한 우리보다 준비가 늦었다. 벌써 11시가 되어 가는데 준비를 못하는 것은 너무 게으른 것이라고 엄마는 화를 내셨지만 나는 언니 편을 들어 주었다. 사실 나도 언니가 조금 한심하다고 생각했지만 나중에 엄마가 화낼 때 언니가 내 편을 들어줄 것을 기대하면서 말이다.

우리의 시작은 콜로세움이었다. 콜로세움은 거대했다. 콜로세움을 배경으로 한 영화 '글래디에이터'를 보지 않은 것이 조금 아쉬웠다. 콜로세움에 입장을 해도 콜로세움 자체가 외부인지라 바람이 너무 불었다. 춥

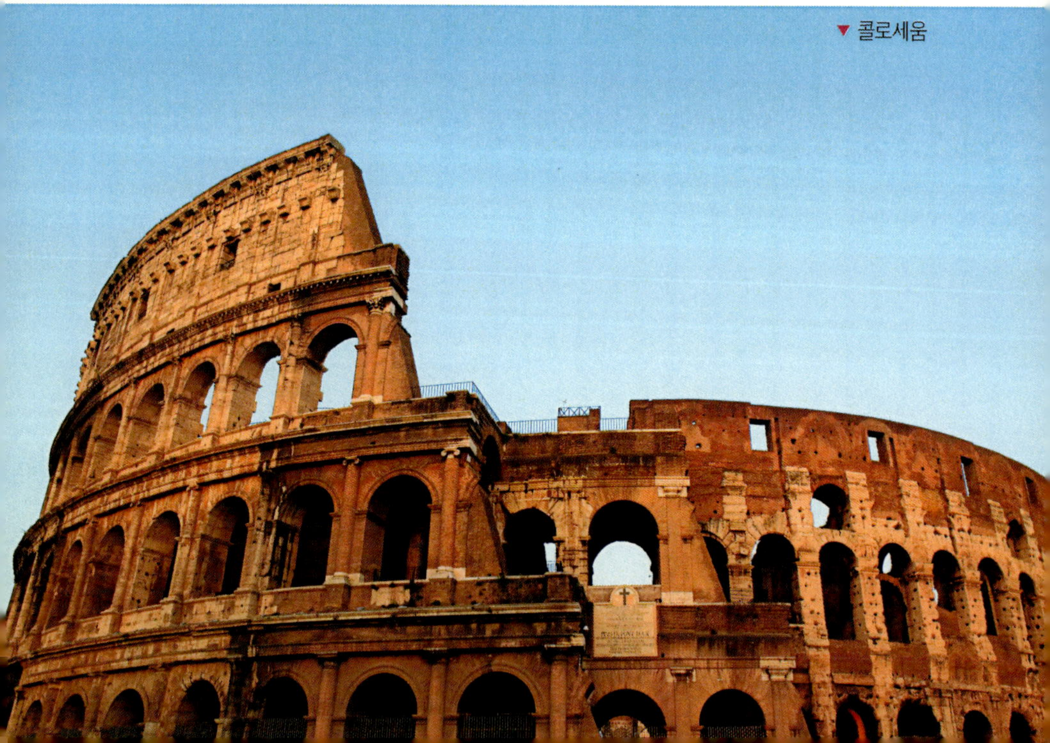

▼ 콜로세움

다. 호텔로 가고 싶다.

아침부터 싸워 싸늘한 분위기인데다 바람까지 쌩쌩 부는 날씨에 포로 로마노에 갔다. 어제 비가 너무 많이 와서 보지 못했던 것들을 다시 보려고 왔다. 그런데 마음도 춥고, 몸도 춥고, 오늘은 너무 추워서 못 보겠다. 참, 어제 포로 로마노에서 주운 그 돌은 벽돌색이어서 오래된 것 같지 않아 버스정류장에서 버렸다. 그래서 포로 로마노에서 사실은 돌을 찾아 다녔다. 어제만큼 깎인 돌은 아니지만 두 개를 주워서 바지 주머니에 쑤셔 박았다. 그러니까 조금 덜 추웠다.

캄피톨리노 광장의 박물관에 들어갔다. 어제 가이드가 들어가기를 강력 추천했던 이 박물관. 광장의 두 동상들을 실제로 보았는데 진품은 더 낡았지만 카리스마가 있었다. 모조품과 진품은 진짜로 차이가 있는 것일까, 아니면 내가 그렇게 느끼는 걸까? 하지만 사랑의 신 에로스 상과 머리카락 한 올 한 올이 뱀이라는 메두사상은 보관 중이어서 보지 못했다.

날씨가 춥고 바람이 불긴 했지만 어제만큼은 비가 안 올 줄 알았다. 그런데 5시인데 갑자기 주변이 캄캄해지면서 우박까지 우두둑 쏟아졌다. 이태리의 날씨는 장난 아니게 무서웠다. 두두두둑 우박은 4cm가량 길거리에 쌓였고 우리는 트레비 분수 근처의 레스토랑으로 대피했다. 레스토랑으로 가는 도중에 나는 우산을 못 사게 말리는 가족을 피해서 우산 파는 아저씨에게로 뛰어가서 말했다.

"How much?"

"It's ten" 10유로를 불렀다.

"Sorry. I don't have enough money. I only have two"

2유로에 사는데 성공했다. 이렇게 많이 깎아줘도 이익이 남나 보다. 어제는 최대한 깎았는데도 3, 4유로였는데. 한국인 중에서 로마에서 오늘처럼 우박비가 오는 날, 2유로에 무지개 우산 산 사람 있으면 나와 보라 그래.

피자, 파스타, 스파게티, 스테이크 등 이탈리안 음식을 매일 먹으니 이젠 맛도 그냥 그렇다. 어쨌거나 배터지게 먹고 웨이터에게 근처의 bus stop을 물으니 자꾸 동문서답을 하는 것이다. 'Bus stop, bus stop.'

웨이터가 버스 스탑을 파스타로 알아들은 것이다. 끝내 버스 스탑은 찾지 못했다.

 3월 21일 보르게제 미술관 ➡ 아르테 현대미술관

아침에 일어나니 8시 10분! 늦잠이다. 그런데 이게 무엇이람! 엄마의 가방 옆구리 쪽이 15cm 정도 칼로 잘린 자국이 있었다.

어제 지하철이 만원이었을 때 가죽잠바를 입은 아저씨 한 명이 역에 도착할 때마다 내렸다 탔다를 반복했다. 상품대상을 물색하는 소선생 같아서 '엄마, 가죽잠바 소매치기!' 하고 소리 질렀는데 그 선생이었나 보다. 소선생이 보이기만 하면 한국말로 소리치면

▲ 소매치기에게 찢긴 지갑

되니 참 편하다는 생각을 했었는데, 소매치기면 물건을 슬쩍하는 정도로 생각을 했는데 칼을 들고 있다니 섬뜩했다.

보르게제 미술관에 가기 위해 메트로 역으로 갔는데 화장실이 가고 싶어졌다. '그래도 역 화장실이니까 다른 데보다 싸겠지?' 라는 생각으로 0.7유로 화장실에 갔지만 동전의 크기가 이상해서인지 10센트나 더 내야만 했다. 0.1차이지만 그래도 190원(1유로는 한국 돈으로 1,900원)에 호가하는 값어치인데……. 아까운 마음에 오줌을 한 방울 남김없이

다 싸고 큰일도 보려고 했지만 큰일 보는 것은 내 맘대로 되지 않았다. 그래서 190원어치의 휴지를 돌돌 말아서 가지고 나와서 언니에게 말하니 잘했다고 칭찬해 줬다.

미술관 가까운 역에 도착해서 내렸는데도 한참을 헤맸다. 나는 이태리 담당 엄마가 너무 헤매기에 오늘 미술관 관람을 포기한 줄 알았다. 그런데 갑자기 '뿅' 엄마가 사라졌다. 나는 너무 힘이 들어서 엄마에게 신경을 쓰지 못하고 언니만 따라 다녔다. 나중에 보르게제 미술관 앞에서 엄마를 만났는데 우리 보고 어디 있었냐며 화를 내셨다. 엄마는 이상하다. 혼자서 사라지고 혼자서 화를 낸다. 다행히 엄마의 포스로 하루 전에 예약해야 입장이 가능한 미술관을 바로 들어갈 수 있었다. 참고로 우리 엄마는 대한민국 아줌마이다.

넓은 자연 안에 자리 잡고 있는 보르게제 미술관에는 많은 조각들이 전시되어 있었다. 조각들과 그림들의 주제는 그리스 로마 신화와 관련된 작품들이 많아서 그런지 자연이 더 신비로워 보였다. 2시간이 지난 3시가 되어서 우리 가족들은 모두 쫓겨나다시피 미술관에서 나왔다.

▲ 갤러리아 보르게제

(보르게제 미술관은 입장 시간과 나오는 시간이 정해져 있다.)

　우리는 아르떼 현대 미술관으로 갔는데, 그날이 까르띠에 패션쇼를 하는 날이라서 일부 방은 공개가 되지 않았다. 현대미술은 많이 접하지 못해서 그런지 조금 지루했다. 간간이 나오는 칸딘스키나 몬드리안 등 미술 교과서에서 많이 본 화가들과 그림 제목들이 기운을 북돋아 주었다.

　"원한다면 몰래 사진 찍는 것을 시도해도 돼요."

　입장할 때 나에게 친절을 베풀었던 미술관 관계자가 스치듯 했던 말이 번뜩 떠올랐다. 몰래 몬드리안의 그림과 사진을 찍었다. 나는 미술관 관계자가 가르쳐준 대로 했기 때문에 잘못한 것은 없다.

 3월 22일 바티칸 투어(바티칸 박물관, 성베드로 대성당)

　중학교 1학년 때 영어 선생님이 세계에서 제일 작은 나라는 '바티칸시국'이라고 했는데 그때 흘려들은 작은 나라에 가는 날이다. 이탈리아에서 바티칸시국에 간다 하여 다른 나라에 가는 줄 알았다 그런데 바티칸시국은 이탈리아의 한 지방 안에 있는 성벽으로 둘러싸여 있는 독립된 작은 나라다. 바티칸시국 앞에 조금 늦게 도착했지만 능숙한 가이드의 '새치기'로 우리는 2시간 기다려 입장할 것을 20분 만에 입장했다. 이런 경우 새치기가 잘한 일인지 나쁜 일인지는 잘 모르겠다. 나는 그냥 따라 들어갔다.

　"세계에서 제일 작은 국가인데도 세계 3대 미술관 중 하나가 있습니다."

　소박하게 짐 검사를 당하고 입장한 후에 한곳에 모두 모여 바티칸시국에 대한 기본적인 설명을 들었다. 새치기 능숙하게 할 때부터 알아 봤다. 완전 베테랑 가이드 아저씨였다. 아저씨의 완벽한 설명으로 한국에 돌아가면 사회와 미술점수는 100점 맞을 것 같은 실력을 단번에 쌓는 느낌이었다. 바티칸 미술관 한곳에서 성경공부, 중세시대 회화, 르네상스 회화, 바로크 회화 그리고 보너스로 말발까지 배웠다. 요 작은 나라에 이렇게도 큰 미술관이 있을 수 있다니! 언뜻 생각해보면 바티칸시국보다 바티칸 미술관이 크게 느껴진다. 왜냐하면 여기에는 내가 알고 있는 화가의 이름들을 모두 불러도 전부 출석해 있는 유일한 미술관이다. 레오나르도 다빈치, 라파엘로, 카라바조 등.

사회책에서 르네상스시대 미술을 설명할 때도 레오나르도 다빈치와는 다르게 라파엘로는 굵은 글씨로 표시를 해주지 않았다. 사회책 저자는 실수했다고 말씀드리고 싶다. 내가 본 라파엘로는 천재다. 그의 마지막 작품이자 걸작인 '그리스도의 변용'은 그의 사고방식을 제대로 표현해 주는 것 같다. 미켈란젤로의 조형적 파악법, 다빈치의 원근법, 피온보의 채화법을 모방하는 데 그치지 않고 자신의 상하 이분법까지 추가해서 '그리스도의 변용'이라고 하는 하나의 창조적인 작품을 만들어 낸 것이다. 모방에 모방을 더해서 하나의 창조를 만들어 내는 것은 시대를 읽은 것이나 마찬가지라고 생각한다. "남의 것을 모방해서 만들다니 이 사람 인생을 날로 먹었구먼!" 하고 욕하는 사람도 있겠지만 니들이 그림을 봤냐? 라파엘로의 그림을 보면 입이 쩍 벌어지고 그 사이로 침이 한 줄기 나오지 않고는 못 배긴다.

라파엘로의 결정판이자, 그의 걸작인 '그리스도의 변용'의 방을 바로 지나면 다빈치의 또 하나의 미완성 작품이 대기하고 있다. '성 히에로니무스'는 두 조각난 그림을 붙인 것이다. 그러나 성인의 머리 주변으로 가위질한 자국이 남아있는 것은 사진으로 볼 때는 알아볼 수 있는데 직접 보니까 구분이 되지 않는다. 이 그림은 두 가지로 유명하다. 두 조각난 이 그림은 오랫동안 각각 방석과 금고덮개로 사용되었는데 후에 일본의 한 재벌이 거액을 주고 사려고 했지만 살 수가 없었다고 한 것으로 유명하다. 옆에서 언니는 그 그림을 보며 나에게 속삭였다.

"나 10년 후에 저 그림 살 거야! 너 하는 것 봐서 그때 보여줄지 안 보여줄지는 결정할게."

박물관 식당으로 갔다. 가이드 아저씨는 "이곳 음식이 그다지 맛있지는 않습니다. 그 이유는 이곳 음식이 아무리 맛있더라도 다시 입장료까지 내고 들어와서 먹는 사람은 가이드밖에 없어 대충대충 만드니 양해바랍니다."고 하셨다. 난 맛있었다. '이 아저씨는 박물관이 가이드들에게 너무 못살게 굴어서 욕하고 다니는 구나!'

성 베드로 성당이 이어져 있었다. '성 베드로 대 성당'이라……. 어디서 들어본 낯익은 이름이라 생각했는데 이 성당은 바로 포로 로마노와 콜로세움에 있는 돌을 가져가 만든 성당인 조금은 미운 성당이었다. 하지만 얄미운 성당의 미켈란젤로의 천정화는 정말 그림인지 조각인지 구별하기가 어려웠다.

너무 신기해서 언니에게 말했다.

"저거 진짜로 조각 아니야? 조각 같아 보이는데……."

"바보야, 네가 보고 있는 것은 진짜로 튀어나와 있는 거고, 쯧쯧쯧."

내가 본 것은 천정화와는 별개인 그냥 벽에서 튀어나온 구조물 정도였다.

'흠, 흠, 뭐 그럴 수도 있지.'

아무튼 미켈란젤로가 4년 동안 천정화를 그리는 덕에 가끔 편지도 천정화 보듯 하늘 보고 읽게 되었다고 한다. 그렇게 열정을 쏟아 부은 천정화이다. 일본인이 '천지창조'라고 이름 붙였다고 하는데 진짜 이름은 베드로 성당의 천정화이다.

그리고 바티칸의 또 하나의 보물 미켈란젤로의 '피에타'가 있었다. 터키의 한 조각가가 와서 '피에타'를 본 후에 인간이 만들기에는 너무 완벽해서 자신은 그런 작품을 만들 수 없다면서 정신이 돌아서 깨버린 이후로(다시 복구했음) 작품 앞에는 방탄유리가 설치되어 있었다. 보들보들한 살과 온화해 보이는 표정. 언니는 그 조각을 보며 속삭였다.

"내가 10년 후에 저 조각 산다!"

그런 언니에게 내가 속삭여주고 싶은 말,

"즐." (언니 진심이야.)

바티칸투어가 끝나고 바티칸 우체국에서 나는 나에게 엽서를 썼다. 엽서의 그림은 미켈란젤로의 벽화. 한국에 돌아가 까맣게 잊고 있다가 자신이 쓴 엽서를 받으면 매우 반가울 것이다. 엽서를 쓰고 바티칸과 로마의 경계선을 지나갔다. 여권은커녕 학생증조차 보여주지 않고 (사실 지키는 사람도 없다.) 당당하게 말이다. 가이드가 로마와 바티칸의 국경선에서 서서 사진 한 방 찍으라고 했다. 사실 찍고 싶었지만 다른 사람들도 안 찍는 관계로 내숭 떨다가 찍지 못하고 돌아왔다. '다들 찍고 싶으면서 눈치보고 있었지?'

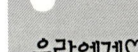

유라에게♡

유라야 안녕?

나는 지금 유럽에 온 지 2주일째 파리, 이탈리아를 지나 바티칸제국에 있어. 바티칸 가이드는 쉽게 설명해주고 참 좋은 분이셨단다.

난 네가 한국에 가서 책 재미있게 쓰고 이제 수내중학교가 아닌 다른 학교에 갈 테니 그쪽에서도 적응 잘하고 친구들이랑 재미있게 놀면서 행복했으면 좋겠다.

꼭 그럴 거야! ^-^ 열심히 긍정적으로 살자! 지금 마음먹은 대로 공부도 열심히 하고!! 이루고 싶은 것들 우리 반드시 이루어내자! 파이팅!

너의 영원한 친구 유라!

 **3월 23일** 산타마리아 마죠레 성당(Basilica di Santa Maria Maggiore) ➡ 산조반니 인 라테라노 성당 (Basilica di San Giovanni in Laterano) ➡ 발베르니 미술관 ➡ 스페인 광장 ➡ 판테온 ➡ 나보나 광장

눈을 뜨니 아빠가 안 보인다. 아빠는 우리의 여행경비와 생활비를 벌기 위하여 한국으로 귀국했다. 오늘부터는 엄마와 언니 그리고 나 세 명이서 다녀야 한다.

산타마리아 마죠레 성당은 민박집 바로 앞에 있다. 가까이 있는데도 여태까지 오지 못한 것도 이상했지만 이곳은 안 왔으면 후회했을 곳이었다. 성당 입구의 스테인드글라스는 처음 방문하는 사람들을 압도했다. 성 베드로 성당처럼 산타마리아 마죠레 성당 안에 소성당들이 벽쪽으로 따로 자리 잡고 있었다. 마치 서울시에 상계동과 중계동이 속해 있는 것처럼 말이다. 관광객들이 내부를 구경하는 중에도 작은 성당에서는 여러 명의 사람들이 신부님과 함께 미사를 드리고 있었다. 미사를 드리는 소리는 우리가 대성당을 빠져 나갈 때까지 계속되었다.

산조반니 인 라테라노 성당을 가려고 했는데 역을 잘못 내렸다. 그래서 엄마랑 언니랑 내가 공모하여 아빠가 있으면 있을 수 없는 무임승차를 했다.

산조반니 인 라테라노 성당은 바티칸을 연상시키는 기다란 성벽으로 둘러 싸여 있었다. 성벽 위에는 12성인의 동상들이 시내를 둘러보는 듯 서 있었고 복도를 통해 내부로 들어가는 문은 최홍만보다 더 커 보였다. 들어가니 황금으로 만들어진 궁전이었다. 교황이 2년이나 머무른 곳이라고 한다. 성당 내부의 앞쪽은 황금빛과 창문을 통해 들어온 햇빛이 섞이면서 동양적인 분위기가 났고, 천정에는 황금 열쇠 두 개가 있었다. 열쇠 중 하나는 천국의 문을, 나머지 하나는 우리의 마음을 여는 열쇠가 아닐까? 벽에는 12제자들의 상이 도상학적으로 조각되어 있었다.

둘째 손가락을 쳐들고 있는 의심 많은 도마, 열쇠 2개를 들고 있는 베드로, 큰 칼을 차고 있는 바울이 마치 살아 있는 것 마냥 벽에 서 있었다. 성당 안에 소성당들이 있어 이곳에서도 사람들이 미사를 드리고 있었다. 산타마리아 마죠레 성당이 아기자기하고 우리를 보듬어줄 것 같다면, 산조반니 인 라테라노 성당은 역사가 오래되고 황금이 많아 가까이 가기 힘든 포스를 발휘했다.

밖에 나가니 28개의 '성스러운 계단'이 있었다. 예수님이 본디오 빌라도에게 고난을 받으실 때 무릎 꿇고 올라가신 계단인데 얼마 전 까지 많은 순례자들이 계단을 무릎 꿇고 올라 갔다고 했다. 그러나 지금은 아무도 오르지 못하게 철조망으로 막혀 있다. 참 오르고 싶은 계단이었는데…….

그리고 다음 어렵게 찾아간 발베리니 미술관. 참 비추였다. 방 2개에 그림 몇 점 걸어 놓고 5유로씩이나 받다니! 그래서 미술관 내에 있는 서점에서 읽고 싶은 책을 다 꺼내 읽고는 사지 않고 나왔다. 비밀이지만 내 체력에는 발베리니 미술관정도의 크기가 적당해서 편안하게 볼 수 있었다.

가까운 스페인 광장으로 나왔다. 17세기에 스페인 대사관이 있었던 데서 이름이 유래한 이곳은 137개의 계단이 있다. 광장은 좁은 시루에 콩나물이 나 있듯이 사람들의 머리들이 촘촘히 박혀 있었다. 마치 징그러운 모자이크 같다. 로마인들과 관광객들의 약속장소라 그런 모양이었다. 광장 계단을 타고 올라가니 화가들이 캐리커처와 인물그림을 그려주는 것으로 관광객들을 유혹하고 있었다.

거리의 화가가 광고용으로 걸어 놓았던 조니뎁의 초상화가 얼마나 갖고 싶던지……. 세계 10대 꽃미남에 조니뎁이 속해 있다면 디즈니가 만든 호남은 조니뎁이 아닌 캡틴 잭 스페로우이다. 그렇다. 캡틴 잭 스페로우의 모습을 한 조니뎁이 그림 속에서 나를 보고 있었다. 처음 볼 때부터 '저건 내 것이다' 하는 예감이 들었다. 초상화를 사지 않고는 스페인 광장에서 떨어지지 않는 나를 언니가 억지로 끌고 판테온과 나보나 광장으로 갔다. 진정한 주인인 나를 잃은 조니뎁 초상화는 내 머리를 맴돌 수밖에……

엄마와 언니를 졸라 내일 스페인 광장에 또 다시 가야만 직성이 풀릴 것 같다. 비록 화가의 광고용 그림이지만 내가 사야만 한다.

 3월 24일 FASSI 아이스크림점 (Roma → Firenze)

로마의 마지막 날이다. 스페인 광장에 가서 초상화를 사야하고 피렌체도 가야 한다. 엎친 데 덮친 격으로 비까지 온다. 길거리 화가가 나오지 못하는 날씨다. 운명이 있다면, 진짜 내가 그 그림의 주인이라면 어떡하든 다시 만날 수 있겠지.

아쉬움을 남기며 FASSI 아이스크림점에 가기로 했다. FASSI는 로마에서 제일 유명한 아이스크림을 파는 공장 겸 가게다. 캐리어를 끌고 한참을 앞으로 직진했다.

"퍽."

내 캐리어의 손잡이가 부러졌다. 엄마가 내 끌낭(끌고 다니는 배낭)을 배낭처럼 등에 메시고, 아이스크림을 먹으러 또 걷기 시작했다. 아는 곳이 나왔다가 모르는 곳이 또 나오고 이곳저곳을 다 헤매고 있는데 비가 떼를 지어 몰려 왔다. 우산과 가방커버를 꺼내기 위해서 구석진 곳에 위치한 남의 집 대문 앞에서 가방을 풀기 시작할 때 우려했던 일이 발생했다. 대문이 열렸다. 집 주인이 나와서는 눈을 동그랗게 뜨고 황당해했다. 그러나 우리가 처량해 보였는지 아무 말도 하지 않고 비켜 지나갔다.

그런데 한참을 빗속을 걸어 다녀서 모두 방향감각을 잃었다. 엄마는 저쪽으로 가야 한다고 하고, 언니는 이쪽, 나는 둘 다 아니라고 싸우기 시작했다. 우리는 길을 찾기 위해서 버스를 타고 시내를 돌았다. 언니가 제일 똑똑했다. 언니가 지목한 방향으로 1분 거리인 첫 번째 정거장에 아이스크림 가게가 있었다. 엄마 때문이다. 아이스크림 가게가 수요일은 아이스크림을 50% 할인하는데 엄마가 저녁이 늦었다고 가지 말라고 해서 안 갔다. 목요일은 일정이 피곤해서 또 못 갔다. 마침내 지금 도착했는데 특별히 금요일은 12시 정오에 가게를 연다고 한다. 돈도 못 아끼고 시간도 낭비하게 된 것은 엄마가 수요일에 가지 못하게 했기 때문이다.

엄마는 엄마 마음대로 일을 결정하신다. 그래서 손해다. 지금 10시 50분이다. 1시간 10분을 어디서 지낸단 말인고. 아까 산 75분간 유효한 버스패스를 우려먹으려고 시내버스를 아무거나 잡아타고 돌다가 12시에 아이스크림 가게로 돌아오기로 했다. 15번 버스를 탔다. 약 30분 동안 어디로 가는지도 모르고 타고 갔다. 버스 맨 뒷자리에는 날라리 학생들이 타고는 시끄럽게 소란을 피우기 시작했다. 승객들도 하나둘 자리를 피하면서 앞자리로 옮겨 앉았다. 엄마는 날라리들이 칼 들고 달려들까 봐 속으로 덜덜 떨었다고 했다. 그런데 막상 그들의 미래를 생각해보면 매우 불쌍하다. '어이 언니들, 학교 갈 시간 아닌 겨?'

12시에 FASSI 아이스크림 가게에서 추운 몸으로 덜덜 떨면서 아이스크림 15,000원어치를 먹었다. 언니는 어른이 되어서 아이스크림 가게를 열겠다고 한다. '언니가 아이스크림 가게를 열면 내가 매일 가서 공짜로 먹을 수 있겠지'

떼르미니 중앙역에서 이제 피렌체로 가기로 했다. 예약비도 생각보다 쌌다. 6명이 정원인 방이었는데 1등석 기차가 대부분 그렇듯이 우리 3명이 한 방을 독차지했다. 전세 낸것 같아 행복해서 즐겁게 가방 정리 중이었는데 "시끄러워! 난 잠 잘 거야." 하며 언니가 소리 지르고 짜증을 내며 다른 방으로 가겠다고 나갔다. 어이가 없었다. 하지만 빈방이 없었

는지 다시 돌아와서는,

"불 꺼! 커튼 달아! 비닐소리도 내지마!"

언니의 구박을 받으며 의자 구석에 쪼그리고 앉았다.

피렌체에서 배낭여행객들에게 제일 인기 있다고 소문난 최강 호스텔에 체크인했다. 부슬부슬 내리는 우중에서 저녁 식사거리를 사러 시장 바닥을 헤매다가 가장 싼 슈퍼를 찾아 물과 요구르트를 샀다. 케밥을 사러 (나쁜 엄마가 나 혼자 케밥을 사러 갔다 오라고 하여) 케밥집에 들어가서 주문을 했는데 정말 친절했다. 피렌체가 다른 건 몰라도 인간성 하나는 끝내 줬다. 일단 오케이, 맘에 들었어!

오늘 일이 뱅뱅 꼬이긴 했지만 피렌체 넌 좋았어. 내 운명이야!

 3월 25일 아카데미아 미술관 ➡ 행진 ➡ 산타 마리아 델 피오레 대성당(Santa Maria del Fiore. 피렌체 두오모 성당, 피렌체 대성당)

피렌체 최강 3인실 66유로 호스텔 아키로씨에서 강력 추천한 아침 식사를 하러 식당에 내려갔다. 메인코스 하나를 고르고 샐러드바는 무제한이다. 사실 메인코스도 작은 식빵 두 조각, 치즈 한 조각, 그리고 베이컨 두 점이고 샐러드바도 그게 그 수준이다. 하지만 분위기는 최강이었다.

아침을 먹는 동안 열려 있는 창문 사이로 참새 한 마리가 날아 들어왔다. 바쁜 아침 식사 중에 웃을 수 있었던 시간. 이런 것을 '망중한'이라 표현하는 건가? 30여 명의 다국적 여행객들이 남녀노소 불문하고 모두 시선을 집중했다. 그 관심이 부러웠는지 참새 한 마리가 더 들어와서 두 마리가 되었고 우리 역시 두 배로 즐거웠다. 서로 다른 언어와 문화를 가진 사람들이 모두 여행객이라는 신분으로 한자리에서 밥을 먹고 있다는 게 신기했다.

최강 아침을 먹고 나서 공짜 인터넷에 접속을 했는데 메일이 와 있었다. "아빠다!" 반가운 마음에 열었던 아빠의 메시지는 '유라야, TV 리모컨 어디 있는 줄 아냐?' 밑도 끝도 없이 그 말만 있었다. 기쁨에 넘쳐 열었던 아빠의 메일이 기껏 TV 리모컨을 묻는 거라니. TV 리모컨, TV 리모컨, TV 리모컨, TV 리모컨! 이 단어밖에 없단 말인가.

리모컨에서 헤어 나오지 못한 상태로 아카데미아 미술관에 갔다. 원래는 피렌체의 명물관(명물+박물관) 우피치 미술관에 가려 했으나 이태리 담당 엄마의 아기자기한 실수로 아카데미아에 가게 되었다. 사실 난 미술관 이름을 전혀 들어본 적이 없었고 리모컨 생각만 머리에 가득 차 있었다.

아카데미아 미술관에는 기다리는 줄이 마치 '끝이 안 보인다.'의 절정을 보여 줬다. 슬금슬금 비가 오는데 1시간 50분을 기다린 후에야 입장을 할 수 있었다. 크기는 작았지만 그래도 미켈란젤로의 작품만큼은 정말 많았다. 바티칸 가이드가 알려준 도상학(성경책을 배경으로 하여 그린 그림을 해석하는 법)이 그림과 조각들을 보는 데 도움을 주었다. 미켈란젤로의 미완성품이 8점 정도 있었다. 2시간씩이나 기다리게 만든 다비드상 역시 나를 실망시키지 않았다. 누구라도 다비드상을 보게 되면 '완벽하다'는 소리를 하지 않고는 못 배길 것이다. 다비드가 정말 손을 올려 돌팔매질을 할 것만 같고, 섬세한 손가락과 팔뚝에 나온 힘줄들이 진짜 사람이었다. 미켈란젤로는 천재가 맞았다. 아무도 모르게 그것을 그냥 어깨에 메고 집에 가져오고 싶었다. 나보다 1.5배나 큰 다비드상을 만져 보지도 못하고 나왔다.

피렌체는 친절했다. 내 배꼽시계가 요동치려던 때에 악대들의 거리행진이 시작된 것이다. 평생에 한번 올까 말까 한 피렌체에서 다비드상을 보느라 진이 빠졌는데도 행진을 따라 가다 보니 있던 배고픔도 사라지고

▲ 피렌체 두오모 성당

힘이 저절로 생겼다. 악대의 박자에 맞춰 가니 유명한 두오모 성당이 나
왔다. 세계에서 네 번째로 큰 성당이다. 하지만 장엄하다고 표현하기에는
너무 어수선했다. 내 눈에는 성당 주변에서 기념품을 파는 사람들이나
호객행위를 하는 거리 화가들의 모습이 성당을 모독하는 것처럼 보였다.
엄마와 언니가 좋아한 내부의 모자이크도 나에겐 엄청나게 많은 관광객
들 때문에 눈에 들어오지 않았다. 마치 관광객이 성당의 주인 같았다.

  그곳을 그냥 떠나오기 아쉬워 종탑 꼭대기까지 올라가야 한다는 강박
관념에 휩싸였다. 463개, 계단숫자를 세면서 올라가다가도 중간에 까먹

▲ 피렌체 세례당 천국의 문

을 만큼 길었던 계단, 돈 내고 들어오길 잘했다. 전망대로 올라가니 피렌체가 작은 내 눈에 쏘옥 들어왔다. 붉은 벽돌색 지붕들이 옹기종기 친구들처럼 모여 있었다. 그것도 잠시 463개의 계단을 내려와야 한다는 고난(?)이 대기하고 있었다. 올라오는 사람들을 약 올리는 법은 아주 즐겁고 신나게 내려가는 것이다.

1.5유로짜리 조각피자를 셋이서 나눠 먹으며 대형 슈퍼마켓을 찾아 헤맸다. 대형 슈퍼마켓에는 물건의 종류가 많고 그리고 값이 싸서 많이 살 수 있기 때문이다. 역시 친절한 피렌체 씨는 나를 실망시키지 않았

다. 완벽하고 분명한 영어로 친절하게 슈퍼마켓 위치를 안내해 주시는 호호백발 할머니를 만났다. "6 o'clock close." 친절해서 감사합니다. 때는 6시 35분이었다. 그래서 가까이 있는 델리(반찬가게)에서 저녁 식사거리를 사기로 했다.

감자스틱(크로켓)을 시작으로 입맛을 돋우는 닭 꼬치, 메인 디쉬로 제일 비싼 라자냐 4.3유로, 디저트로 1유로짜리 티라미슈 케이크, 0.75유로밖에 안 되는 코코넛 요플레, 그리고 사과까지 총 10유로 정도였다. 땡잡았다. 10유로의 행복!

특히 행복한 건 다른 사람들처럼 공동 샤워장 앞에서 수건 들고 기다리지 않아도 된다는 것! 2유로의 힘은 컸다. (도미토리는 1인당 20유로이며 공동 샤워장 사용, 3인실은 1인당 22유로이며 샤워장이 룸 내부에 있음.)

야, 우리는 최강 3인실이다!

3월 26일 피렌체 ➡ 아씨시

7시. 아침밥을 먹기 위해 30분 동안 준비를 하고 식당으로 갔다. 어제와 같이 사람들은 이미 많이 모여 있었다. 피렌체를 방문하는 관광객들은 참 일찍 시작한다. 식사 주문을 받는 사람은 오래 일했는지 능숙하고 싹싹했다.

"You stay here one more night?"

"감쏴합니다."

"메인디쉬 요거?"

한국 사람이 오면 한국말을 해주는 센스는 아무래도 거리화가에게 호객하는 법을 배운 듯하다.

오후 4시까지 효과 있는 아침 식사를 마치고 아씨시로 출발했다. 예약을 하지 않아도 되어서 돈을 낼 필요가 없었다. 아씨시행 기차는 11시 출발이었다. 지금 시각은 9시 26분? 놀란 가슴에 역 시계를 보니 10시 26분이었다. 그렇다. 너무 많은 이동으로 인해서 여행지의 시차 변동에 신경 쓰지 못한 것이다. 오늘도 아침 7시가 아니라 8시에 일어난 것이고, 어쩐지 식사시간에 사람들이 많다고 생각했다. 그래도 '기차타기 전에 알았으니 다행이지.' 1등석을 예약비 없이 가는 것에 감사드렸다.

자, 그럼 u-rail패스 챙겼고, 여권(u-rail패스 소지자를 증명할 수 있는 신분증)도 챙겼나? 아뿔싸! 여권이 없다. 11시가 넘어 숙소에 갔다 올 시간도 없고 세 명이서 '어떡해, 어떡해.' 하는 동안 이미 우리가 탄 열차는 출발했다. 언니와 나는 국제학생증으로 대체할 수 있지만 엄마는 최악의 경우 벌금을 20유로 넘게 물어야 한다. 할 수 없이 다음 역에서 내려 언니와 내가 숙소로 돌아가 엄마 여권을 가져 오기로 결정했다. 그런데 다음 역에서 내리려는 순간 문이 닫히고 기차는 그대로 출발하고 말았다. 어제까지만 해도 입에서 사르르 녹을 것만 같던 저 하늘 위의 구름 솜사탕을 갈기갈기 찢어버리고 싶던 순간이었다.

'에라, 모르겠다. 배 째!'

드디어 검표원이 들어왔다. 유레일패스만 내밀었다. 깐깐하게 보이는 여자였다. '두구두구두구두구' 이건 북 치는 소리이고 긴장되는 순간이다. 그런데 유레일패스를 보더니 그냥 쓰윽 지나가는 것이 아닌가. 갈기갈기 찢어놓은 구름을 다시 붙여주었다. 오늘따라 구름이 멋있구나! 아씨시에서 피렌체로 돌아올 때 또 고난이 찾아오겠지만 지금만큼은 너무 행복하다. 어디에든 네모난 틀만 꼽으면 엽서가 되는 풍경이다. 물, 바다, 산, 하늘 창밖의 아름다운 자연을 보면서 지나가니 지금 이 글을 쓰는 시간마저 아깝다.

쨍그랑! 갑자기 엄마와 언니가 시비가 붙더니 싸우기 시작했다. 터널을 지나면 마치 깨끗했던 청계천에 폐수가 흐르는 느낌이 든다.

"시끄럽다. 글이나 써라." 여행의 목적까지 나오는 엄마의 잔소리에

"……. 하지만……." 언니의 응전이 글을 쓰는 데 방해가 되었지만 난 아무렇지도 않았다. 딸이자 동생인 내가 왜 무심하냐고? 다소 지나친 오버라고 생각된다면 가족끼리 유럽여행을 해 보면 저절로 알게 된다.

그런데 내 이럴 줄 알았다지. 엄마는 그새 언니랑 화해하려고 내 옆을 떠나 언니에게 갔다.

'갈 테면 가라지. 흥!'

아씨시의 집들은 하나같이 벽돌과자로 만든 마을 같다. 조금씩 내리는 비가 집들을 무너뜨릴까 걱정이 될 정도로 귀엽다. 피자 두 조각을 세 명이 나눠 먹으면서 인포i(관광안내센터)를 찾아 이리저리 헤맸다. 골목길은 좁지만 큰 도시를 걸어가니 비싸지만 달콤했던 로마의 초콜릿, 그리고 초콜릿과 어우러진 만년설 아이스크림처럼 사진으로 찍어도 표현이 되지 못한다는 것이 화가 날 뿐이었다.

내가 말끝마다 크래커, 초콜릿, 아이스크림 하는 데는 이유가 있다. 집 하나하나가 아침에 일어나 기지개를 켜고 창문을 활짝 열면서 오렌지CF를 찍어야 할 것 같고, 길거리에 듬성듬성 보이는 관광객들은 여자는 앞치마와 헤어밴드를 하고 남자는 파이프담배를 물거나 굴렁쇠를 굴리며 다녀야 할 것 같은 이 거리, 이 도시에 우리 모두 흠뻑 빠져서 헤어 나오지 못했다.

계단 하나하나, 벽돌 한 개 한 개가 매력적인 그곳에서 우리는 예정되어 있는 시간보다 2시간씩이나 기차 타는 것을 미루고 7시 19분 차를 타기로 했다. 피렌체에서 미리 예약한 숙박요금이 나가지만 않는다면 하룻밤 묵었을 텐데 그놈의 돈 때문에. 아씨시에서 굴러다니는 돌이 되고 싶었다.

시내 전체를 한눈에 볼 수 있는 요새, Rocca Maggiore로 올라갔다.

▲ 아씨시역으로 가는 길

자연의 한 부분이 된 요새 꼭대기에서 캘리포니아에서 온 사진작가 아저씨가 먼저 사진을 찍고 계셨다. 아저씨

▲ 요새에서 내려 가는 통로

는 1973년 이후에 두 번째로 아씨시를 방문하는 것이다. 오늘이 아씨시에서의 둘째 날 밤이라고 하신다. 휴가를 왔는데도 직업병인지 카메라를 손에서 놓지 못한다고 했다.

요새는 마을에서 가장 높은 곳이라 바람이 쌩쌩 불고 콧물이 저절로 나왔다. 나는 입장료가 아까워 요새 꼭대기에서 발발 떨며 30분 동안 글을 썼다. 이러다 감기 걸리면 더 큰 손해다. 요새를 내려가는 통로를 달리는데 암흑이다.

"It was really sweet of you." (내가 플래시를 빌려 주려 했을 때 사진작가 아저씨가 괜찮다며 한 말) 오랜만에 젠틀한 영어를 들었다. 로카 마지오레에서 만난 분, 그리고 로카 마지오레의 앞에서 사는 고양이 카밀라. 모두 아씨시에서

▲ 아씨시의 고양이 카밀라

만난 아름다운 나의 추억이 될 것이다.

이제 슬슬 내려가 보아야겠다. 자연에 포옥 빠져 시계는 안중에도 없었나 보다. 산꼭대기에서부터 기차역까지 5km 정도 되는 거리를 30분 안에 뛰어가야 한다. 가방과 디카, 1.5리터의 물병을 언니와 엄마와 내가 번갈아 들면서 역을 향해 달렸다. 5분을 달리고, 10분을 달렸지만 아무리 뛰어도 가까워지는 것 같지 않았다. 그래도 포기하기에는 그리 멀지 않은 거리라 우리는 계속 달렸다. 그러나 5분 정도의 거리를 남겨 두고 기차가 5분 정도 연기될 것이라는 근거 없는 기대를 안고 날아갔건만 기차는 이미 떠나고 없었다. 우리가 도착하니 기차는 이미 떠나고 없었다. 사람들의 눈빛이 '나, 아까 너희들 뛰는 것 봤다. 결국엔 놓쳤네!' 라고 말하는 것만 같았다. 결국 마지막 열차밖에 방법이 없었고 근처 케밥집에서 저녁을 먹으며 서로 위로했다. 다행스럽게도 주변도시라 그런지 피렌체보다 음식 값이 싸서 1차원적인 우리 가족은 다시 기분이 좋아졌다.

여권검사를 할 때 검표원에게 "Where is the first class?", "Where is the toilet?", "How long does it take to 피렌체?" 등 정신 사납게 만들어 작전 성공! 우리는 벌금을 물지 않고 당당히 1등석에 앉았다. 비록 여권검사가 특별할 때 빼고는 안 한 다는 것을 알게 되긴 했지만.

이제 10시 45분이 되어 간다. 오늘 하루 있었던 많은 일들이 내 머리에 다 들어가지 못할까봐 걱정이 된다. 이 여행이 끝나서 여행에 대한 추억이 잊힐 때쯤에 아씨시가 꿈에 나타나 이 느낌을 다시 전해 주는 밤이 있기를 기도해야지.

예전에 미친 듯이 좋아했던 NRG의 노래 내레이션 부분, '바다에서 사는 사람이 부럽진 않아요. 가까이에 있으면 그 소중함을 깨닫지 못하니까요'가 생각났다. 그땐 그 의미를 잘 몰랐다. 그런데 기차를 타고 가면서 생각해 보니 아씨시에 대한 기억도 훗날 소중한 추억이 되리라는 걸 깨달았다.

 **3월 27일** 메디치 예배당 → 성로렌조 성당 → 베키오 궁전 → 우피치 미술관

한밤중에도 다리가 아파서 잠을 자다가 몇 번씩 깼다. 꿈속에서도 시간에 쫓기며 뛰어다녔다. 이렇게 일어나기 싫었던 아침이 있었을까? 아침밥 소리만 들으면 N극과 S극이 떨어지듯 자동으로 침대에서 일어났는데 오늘은 엄마마저 일어나기가 힘드셨나 보다. 식사 후 침대와 고무줄이라도 연결되었는지 다시 누웠다. 아침마다 제일 늦게 일어나 속을 썩이는 언니가 일어나라고 신경질을 냈는데도 나는 한참 있다가 밍기적밍기적 세수를 했다.

메디치 예배당, 별로였다. 무거운 몸을 이끌고 간 곳이 겨우 귀족들 뼛조각 장식된 것 보는 것이라니. 심지어 2층 왕자들의 예배당은 삐거덕삐거덕하고. 보수 중이라 다치지 않도록 주의하란다. 허술함의 극치였다. 다음 방에는 미켈란젤로의 작품들이 있었는데도 만사가 귀찮았다.

하지만 일정대로 우리는 성 로렌조 성당에 갔다. 성당 내에 있는 도서관에 못 들어가게 해서 경비하는 여자와 엄마가 시비가 붙었다. 대단한 우리 엄마. 피렌체에서도 불공평한 대접을 받는다고 생각되면 무조건 따진다. 나는 생각 없이 내 몸 주무르기에 바빴다. 언뜻 내 머리에 스쳐 지나간 것 9유로! 힘들다고 대충 보며 넘긴 것들이 9유로(입장료)의 가치가 된다는 것!(가까운 환전소에서 1유로 당 1,900원) 그 이후로 나는 다리 아픈 줄 모르고 열심히 봤다는 이야기.

그렇게 베키오 궁전 역시 안내문과 설명서들을 읽으면서 언니에게 배워가며 보았다. 우피치 박물관은 뭐가 좋아서 줄이 그렇게 긴지 모르겠다. 엄마의 부탁으로 특별히 호스텔 사장님인 안젤라 아줌마가 우피치 미술관을 전날 예약을 해 주었다. 다른 사람들보다 일찍 입장할 수는 있었지만 그렇다고 기다리지 않았다는 것은 아니다. 입장을 하고 일단 우피치 미술관의 설명서를 보았다. 보티첼리, 미켈란젤로, 티치아노, 카라바조, 다빈치, 샤갈 등등 유명한 화가들과 우피치라는 유명세에 비하면 그리 넓지는 않았다. 그렇지만 전시물들이 꽉 차 있었다. 심지어 1976년 샤갈이 직접 이곳에 자신의 자화상을 그려 보내기도 했다고 한다. 얼마 전 미술관 책을 읽을 때 우피치 미술관의 설명을 보며 '이곳을 꼭 갈 수 있었으면 좋겠다.'고 생각했는데 모르는 채로 이미 와버린 것이다.

보티첼리의 그림 '비너스의 탄생'이 나왔다. 그 방에 사람들이 없는 것은 아니었음에도 나와 엄마를 위해서였는지, 비너스의 탄생 앞에는 사람들이 아무도 없었다. 그림 앞으로 갔는데 참 묘했다. 외면의 아름다움을 상징하는 아프로디테는 아름다운 미모로 사람들에게 사랑을 받는다. 하지만 '아프로디테'라는 말은 그리스어로 거품이며, 그림에서 그녀의 조개 옆의 거품을 보아도 알겠지만 그녀는 거품으로 만들어진 신이다. 사람들은 아프로디테를 맑은 물 위의 귀여운 거품이라고 말도 하지만 꿈 깨라, 나는 폐수 위에 동동 떠 있는 거품 여러 번 봤느니라.

거품은 실제 비눗물에 비해 크게 보이고 부풀려져 있다. 그리고 어릴 때 과학시간에도 실험 해 보았듯이 쉽게 없어진다. 터트리면 없어지고, 물을 부어도 없어지고, 가만히 놓아두어도 빠른 시간에 없어진다. 남는 것은 거품을 받쳐주고 있던 물 혹은 바다 외에는 없다.

외적인 아름다움을 표현하는 비너스를 보면서 요즘 '눈, 코는 에티켓'이라는 말이 나올 만큼 흔한 성형수술과 외모지상주의의 나라가 되는 한국이 떠올랐다. 외모가 사람의 전부로 평가될 수도 있을까? 거품(아프로디테)과 같이 쉽게 사라지고, 깨지기 쉬운 것인데……

단체 관광객들이 작품 앞에서 가이드의 설명을 듣고 있었다. 그런 상황에서 엄마는 아는 것, 모르는 것 다 설명해주는 나를 보고, "네가 저기 있는 전문 가이드보다 훨씬 더 재미있게 잘해." 하고 기분을 북돋아 주었다.

"엄마는 저기에 있는 비너스보다 더 예뻐요!"

누워서 자고 있는 에로스상의 포동포동한 배가 보였다. 엄마는 내 마음을 읽었는지 갑자기

"가려줄게, 빨리 찔러 보고 와."

라고 하셨다. 엄마가 큐레이터 못 보게 가려주는 동안 에로스의 배를 세 번이나 찔렀다.

"씨뇨레(어린 숙녀), 돈 터치(만지지 마세요)." 큐레이터의 목소리.

민망함 때문에 빨개진 얼굴로 그 자리를 도망쳤다.

'엄마, 우리가 잘못 한거지. 작품을 만지면 안 되잖아.'

 3월 28일 피렌체 ➡ 피사(피사의 사탑) ➡ 밀라노

찌뿌듯해서 일어나기 힘든 몸을 이끌고 아침을 먹으러 갔다. 역시나 주문을 받기 전에 "you stay here one more night?" 한다. 피식 웃음이 나왔다.

"No More." 엄마가 말했다. 정신이 들었다. 다른 사람들보다 오래 머물렀으니 가야 하는 것이지만 그렇기 때문에 더 아쉬워진다. '여행'이라는 것이 정을 여러 군데 두고 오게 만들었다. 친절한 안젤라 아주머니(사장님), 절제 있게 말하고 깔끔하게 꾸민 리셉션 아저씨와 첫째 아들, 아침마다 발랄하게 'You stay one more night?' 하고 묻는 둘째아들까지 모두 좋은 사람들이다. 아키로씨 호스텔(Archirossi Hostel)를 나와 피사로 가기 위해 역으로 갔다.

'그래! 이제 가보지 못한 또 다른 그곳으로 가는 거야! 새로운 마음으로 시작하자.'

피사로 출발한 지 1시간도 안 되었는데 벌써 도착이다. 버스왕복표를

들고 간 곳은 피사의 사탑이다. 듣던 대로 버스의 승객들이 "Tower" 소
리쳐줘야만 알 수 있을 만큼 멀리 있었다. 피사탑으로 들어가는 성문
입구에서 보면 오른쪽에는 기념품 가게들이 쭉 일렬로 정렬해 있다. 왼
쪽으로 잔디밭 위에 약간 기울어진 피사탑이 서 있었다.

　기념품들은 대체적으로 다 쌌다. 이탈리아를 대표하는 기념품들은
거의 다 모여 있어서 저렴하게 구입하기 좋은 곳이었다. 가게마다 상품
들의 가격이 조금씩 달랐다. 그래서 언니와 나는 먼저 기념품 가게를 전
부 다 돌아다니며 구경부터 했다. 그리고 맘에 드는 '피사' 라고 쓰여 있

▲ 피사의 사탑

▼ 피노키오를 파는 가게

는 '피노키오'를 점찍었다. 손님이 많은 가게들을 다섯 집 정도 뽑아서 가격을 물어 본 다음에 가장 싼 집에 가서 피노키오를 3개 샀다.

피사탑 주변에는 탑과 함께 여러 사진을 찍는 사람들이 있었다. 우리 역시 그 사이에서 피사탑을 미는 포즈, 받는 포즈 등 다양하게 사진을 찍었다. 생각보다 할 일이 없었다. 2시간을 사탑 앞에서 보내고 역으로 돌아가는 버스를 탔다.

"어머나!" 엄마의 비명소리가 들렸다. 유모차를 끌고 다니던 집시 여자가 엄마의 배낭을 대놓고 열고 있었던 것이다. 배낭을 반쯤 열던 집시는 엄마의 반응에 놀라서 다음 정류장에서 바로 내렸고, 확인해 보니 나의 가방 역시 열려 있었다. 겉으로 보기에 당연히 집시라는 것을 알 수 있었지만 설마 어린 아이가 앉아있는 유모차를 끌고 남의 가방을 보란 듯이 열 줄은 누가 알았겠는가.

놀란 가슴을 가라앉히고 밀라노로 가기 위해 기차를 탔다. 피사에서 출발하여 밀라노까지 도착하는 데는 4시간이 걸린다. 그런데 그 4시간 동안의 풍경은 정말 돈으로도 환산할 수가 없다. 녹차 아이스크림으로 덮인 듯한 산을 지나고 에메랄드를 가득히 담아 놓은 것 같은 바다를 지났다.

피사에서 극성인 소매치기 걱정을 잠시나마 잊을 수 있는 순간이었다. 대형 유리로 된 가로 세로의 비율이 16:9인 완전 명품 창을 통해서 밖을 보니 금방 밀라노에 도착했다. 밀라노에 너무 늦게 도착해서 메트로가 운행하는 시간이 끝났다. 그래서 할 수 없이 택시를 타고 숙소로 가야만 했다. 엄마는 밀라노의 택시 기사가 강도짓을 할 수도 있다고 우리에게 겁을 주셨다.

엄마의 무한 상상력 때문에 역에서 밤을 샐 뻔했다. 그렇지만 언니와 나의 설득으로 택시를 타고 숙소를 찾아 가기로 결정을 했다. 역 앞에는 다행히 택시를 기다리는 사람들이 줄을 서 있었고 택시도 빨리 왔기 때문에 기다린 지 3분 만에 탈 수 있었다. 그러나 택시 기사가 거리를 빙빙 돌아서 목적지에 데려다 주었기 때문에 요금이 더 나왔다. 엄마는 택시 기사에게 강도들 이야기를 들어서 겁이 났다며 무사히 도착해서 고맙다고 인사했다. 무사히 오긴 왔지만 빙빙 돌아서 왔다는 사실을 엄마는 알고 계실까?

택시 아저씨, 그래도 너무 돌면서 가지는 마세요!

 3월 29일 밀라노(다빈치 박물관, 스포르체스코 성, 빅토리아 엠마누엘레 광장, 투칼레 궁전) ➡ 베네치아

당일치기! 반나절 동안 밀라노를 휙 돌아보고 5시가 되면 베네치아로 바로 출발하는 것이 우리의 일정이었다. 레오나르도 다빈치 박물관은 과학박물관이었다. 천재 레오나르도 다빈치의 설계도를 모형으로 만들어 전시해 놓았고, 통신수단이 발명되는 처음부터 현재까지의 발달사를 모형으로 만들어 놓았다. 처음에 전화국이 교환원을 통해 전화가 연결

▼ 스포르체스코성

▼ 스포르체스코성의 문양.

되는 방에서 실험을 할 때는 그 시대로 간 듯한 착각을 일으켰다. 그리고 악기의 발전상을 한눈에 보여주기도 했다. 레오나르도 다빈치 한 사람이 일생에서 그렇게 많은 발명을 했는데 나도 한국에 가서 발명 하나 해야 하지 않겠는가!

엄마는 이 일기를 보고 나에게 무슨 발명을 할 것이냐고 꼬치꼬치 물었다. 글쎄, 그런데 그냥 써본 글을 하나하나 따지면 무서워서 글을 어떻게 쓸지가 심히 걱정이 된다.

오후 2시였다. 스포르체스코 성에 가야 한다. 간을 졸이면서 무임승차의 힘을 빌려 메트로를 타고 나왔다. 관광안내 책자에 따르면 '메트로 역에서 내리면 바로 보이고'라고 쓰여 있다. 도대체 누구를 위한 가이드 책인가요? 돈을 벌기 위해 대충 만든, 관광객들을 골탕 먹이는 책인가요? 메트로 출구는 8개나 있었다. 이 책만 믿으면 서울역에서 압구정동이 보인다.

그래서 우리는 처음부터 관광안내 책자가 없었던 것처럼 이탈리아에서 '그라찌에'(감사합니다) 한 단어만 믿고 물어물어 스포르체스코 성에 도착했다. 정문이 공사 중인 관계로 후문으로 들어갔다. 폼페이에는 입구부터 시작해 신전까지 널브러진 개들이 있었다면 스포르체스코 성에는 고양이가 있었다. 역시 공사를 해도 고양이는 상팔자이다. 해자(궁전을 보호하기 위해 궁전 주위로 물이 흐르는 곳) 통로 사이로 크고 무서운 눈들이 보였고, 햇빛을 찾아다니는 고양이도 있었다.

3시가 되어 빅토리아 엠마누엘레 광장으로 출발했다. 간간이 무임승차의 힘을 빌리지만 그래도 이번에는 양심 있게 표를 사서 펀칭을 하고 탑승을 했다. 그런데 앞쪽에서 단정함과는 거리가 멀게 차려 입은 힙합 바지 차림의 한국 젊은이들이 무임승차를 해서 벌금을 무는 모습이 보였다. 같은 한국인으로서 창피했다. 나라망신이었다. 절대 무임승차해서는 안 되겠다.

빅토리아 광장에는 패션의 본고장답게 패션몰들이 한 줄로 나열되어 있었다. 그 뒤에는 공사 중인 밀라노 대성당이 있었다. 밀라노 대성당은 소 첨탑들이 너무 많아서 마치 촛불 몇천 개가 하늘로 솟아 뻗은 모양으로 보였다. 성당은 입장료를 내고 꼭대기에 올라가 밀라노의 전망을 보는 곳이 있었다. 내 경험으로는 시내 전망을 보는 것은 다 거기서 거기다. 차라리 집에서 지나가는 차를 내려다보고는 감탄하는 게 더 낫다. 그냥 통과했다.

성당 앞 큰 광장은 비둘기들이 참 많다. 유럽에 비둘기가 많다는 것을 이곳에 오면 바로 느끼게 된다. 영악한 비둘기들은 모이를 가지고 있는 사람에게만 다가가고, 더 영악한 사람들은 비둘기를 몰고 다니며 모이를 팔고 있다. 여기 비둘기들은 밥만 있으면 사람 손이든 머리든 구분 안 하고 올라와 먹고 본다. 주위를 둘러보니 한 커플이 먹이를 손에 놓

▼ 밀라노 빅토리아 광장

고 비둘기들과 함께 사진을 찍고 있었다. 나는 재빨리 비둘기가 도망가기 전에 가까이 가서 한 컷 찍었다.

출출해서 아이스크림을 먹으면서 계단에 앉았는데 저 앞에 2센트가 떨어져 있는 것이다. 무려 30원의 가치이다. 내가 줍기 뭐해서 엄마께 귀띔해 드렸는데 엄마도 민망했는지 가만히 있었다. 아이스크림도 맛을 잃었다. 고작 2센트이지만, 2센트씩이나 하는 것이 거리에서 날 부르고 있다. 고민은 되었지만 가족의 방해로 이별하게 되었다. 다음에 올 기회가 있으면 반드시 주워야겠다. 그 자리에 꼭 있어라, 2센트야.

물의 도시 베네치아로 가기 위해 기차를 탔다. 여행을 하게 되면 너무 바빠서 여유를 갖기 힘들어지는데 유일하게 쉴 수 있는 시간이 기차를 타고 이동할 때이다. 창밖 구경을 하며 그날의 일을 생각하다 보면 어느새 여행하기 이전의 생활로 돌아간다. 현재생활과는 거리가 멀지만 기억에서는 아직도 생생한 좋은 추억을 떠올리노라면 기차에서 내리기만 하면 다시 옛날로 돌아갈 수 있을 것만 같다. 그때의 행복했던 날들과 더불어 여행 중에 겪었던 고생들이 떠오르면 눈물이 날 것 같아서 좋은 기억, 나쁜 기억 모두 지우려 애쓴다.

어느새 베네치아다. 기차역에서 나오니 어두컴컴한데다가 주위에는 온통 물 천지였다. 물의 도시 베네치아는 골목길을 돌면 또 비좁은 골목이 나오고 해서 '알리바바와 40인의 도둑'이 생각났다. 길을 잃지 않도록 골목을 걸으며 분필로 문마다 표시를 해야 될 것 같았다.

여행지에서 현지인들이 느끼는 감정을 같이 느끼고 문화를 배우며 여행을 하려면 그 나라 전통의상을 입고 거리를 다니면 좋을 것 같다. 로마에서는 신화속의 신들의 모습으로, 나폴리에서는 집시 복장으로, 베네치아에서는 알리바바 복장(알리바바는 사실 이슬람문화권임)으로 말이다.

그렇게 베네치아에서의 신비로운 날은 다가오고 있었다.

3월 30일 산마르코 광장 → 리알토 다리 → 아카데미아 미술관

밤새 내가 물이 되어 침대에 스며들다시피 하며 자다가 마술처럼 깨어났다. 민박집 아주머니의 뛰어난 음식솜씨 덕분에 든든하게 먹고 베네치아를 시찰하러 나섰다. 그런데 시찰은 무슨! 나오자마자 바로 길을 잃었다.

그래도 배짱으로 전진하니 어시장이 나왔다. 역시 수상도시다. 살짝 눈인사만 하고 또 걷기 시작했다. 미로다. 이 골목길을 따라 가다 보면 앞이 물로 막혀 있고, 저 골목길을 가다 보면 아까 갔던 길로 원위치한다. 표지판도 우리를 데리고 노는 것 같다. 산마르코 광장이 무엇인지도 모르면서 엄마의 명령으로 지나가는 사람을 붙잡고 길을 물어서 가다 보니 광장이 나왔다. 그곳에 i관광안내소가 있었다.

엄마는 길 묻는 것을 나만 시킨다. 하기 싫다고 하면 나의 적극성을 기르기 위해서란다. 사실은 엄마가 길 묻기가 창피해서 그러는 것을 다 알지만 예의상 모르는 척해 준다.

미로 같은 베네치아의 지도가 i관광안내소에서 유료이다. 보통 관광안내소에서 그 지역의 지도는 공짜로 다 배부하는데 이상하다. 역시나 유라네 가족은 유료라면 거들떠도 안 보고 나왔다. 사실 난 영문도 모른 채 따라 나왔다. 공짜로 제공되는 무지하게 작은 이탈리아 전도를 아쉬운 대로 손에 쥐고 말이다.

아카데미아 미술관을 향해 가기로 했다. 밉상스럽게 한 방울 한 방울 빗방울이 떨어지고 있었다. 당황스러워 대충 인파에 휩쓸려 뛰어 갔다. 예정에 없었던 골동품시장도 거쳐 갔다. 오래돼 보이는 동전들(사실 세계 여러 나라의 돈들을 가져다 놓고 오래되고 신비스러운 돈 인 척한다. 이런 것들을 자세히 보면 한국 돈도 있을 가능성이 있다), 세계우표, 골동품들도 심심치 않게 있었다. 그런데 무슨 가격이 새것 사는 것보다 더

비쌌다. 때가 낀 지저분한 열쇠 하나에 한국 돈 10만 원 수준이다.

할 일을 잊은 채, 정신없이 구경하고 있다가 지나가는 신사를 보니 번뜩 제정신이 들었다. "Where is⋯⋯" 내가 묻기도 전에 "Academia! Academia is that way." 한다. 초스피드였다. 헐! 얼마나 많이 길을 물었으면 아카데미아의 '아'자조차 꺼내지 않았는데 자동인가. 그분의 도움으로 아카데미아 미술관으로 갔다.

미술관 내부에는 고대와 중세와 르네상스 그림들이 같이 있었다. 항상 변하지 않고 그대로인 고대, 뭔가 쩡한 중세 그림, 그리고 예쁜 척하는 화려한 르네상스 그림들 느낌이다. 예상한 것보다 그림이 많았다. 아씨시의 여행 이후부터 무거워진 몸과 눈꺼풀을 이끌고, 지적인 척하면서 다니는 언니를 쫓아다니노라면 입장료 본전은 뽑는 것 같은데 너무 힘들고 졸렸다. 여하튼 지적인 척하는 언니 옆에서 나도 지적인 척하느라 진땀 빼며 감상을 했다.

미술관 밖으로 나오니 비는 폭포처럼 쏟아지고 있었다. 그 상태로 더 이상 투어는 불가능했다. 나는 방수되는 옷에 모자를 쓰고, 언니와 엄마는 우산을 쓰고 쏟아지는 빗속을 뚫고 용감하게 숙소를 향해서 출발했지만 바로 길을 잃어버렸다.

눈앞에 교회가 보였다. 교회 안에서 조금 쉬면서 하느님의 도움을 받고자 들어갔다. 교회 입장료를 내라고 한다. 비가 온다고 하늘에서 입장료까지 떨어지는 것은 아니다. 굳이 유명하지 않은 곳을 돈 내고 들어갈 필요는 없었다. 그런데 그 교회 입구 구석에 뜻하지 않게 남이 버린 지도가 있었다. 기도의 힘이다. 숙소를 찾는 것은 고사하고 안내소마저 찾지 못하고 완전히 길을 잃은 상태였다. 또한 숙소에 전화하려고 공중전화를 걸러 가서 50센트를 넣었는데 70센트가 나와서 돈을 벌었다. 물론 통화는 못했지만 말이다.

그저 헤매고 또 헤매서 3시간 만에 멀리 있지도 않은 숙소를 찾았다.

바로 뻗었다. 하지만 제일 고통스러운 것은 잠이 오지 않는 것이었다. 축 축해서 움직이기도 싫고. 오늘 있었던 일을 정리해 보려 했지만 아무리 생각해도 마법에 걸린 것 같았다. 아카데미아 미술관의 작품은 한 점도 기억이 남지 않고, 세상 모든 것을 포기한 듯한 표정으로 빗속을 헤매던 세 여인만 떠오를 뿐이었다. 한 것도 없는데. 망할! 시내구경이나 할걸.

"하나님, 오늘 너무 힘들었는데 예배를 드렸어요. 복 주세요."

 3월 31일 베네치아(무라노 섬, 산마르코 광장, 리알토 거리)
→ 빈

어제 하루 종일 걸어 다녀서 잊었을 수도 있겠지만 이곳은 수상도시 이고 교통수단 역시 배밖에 없다. 몇백 개의 섬을 하나의 이어 만든 수 상도시라서 배가 택시고, 자동차는 한 대도 없다. 이 도시의 택시인 배 를 타고 섬을 둘러보러 나섰다.

▲ 베네치아의 전경

▲ 베네치아의 택시

어제는 골목길을 헤매고 다녀서 몰랐는데 배에서 본 베네치아의 모습은 문화의 충격이었다. 베네치아의 건물들은 파리와 비슷한 느낌이었다. 이름이 같은 수상도시인 캄보디아의 수상도시와는 완전히 다른 모습이었다. 캄보디아의 씨엠립에 있는 톤레삽 호수의 수상도시를 잠시 말하자면 그곳은 더러운 구정물 위에 나뭇조각으로 집을 지어놓고 사는 곳이다. 섬이 아닌 그냥 물 위에 집을 지은 것이다. 못사는 캄보디아에서도 그 지역은 가장 못사는 지역으로 꼽힌다. 그래서 그 지역 출신들은 부끄러움을 당하지 않기 위해 자신의 동네에서 밖으로 나가지 않고 자급자족해서 살고 있다고 한다.

이제 캄보디아의 관광명소가 된 그곳은 마을아이들이 관광객을 상대로 구걸을 한다. 큰 대야를 배로 하고, 손을 노로 삼아서 관광객이 탄 배 주위로 와서는 돈이나 과자 또는 사탕을 달라고 한다. 구정물 위에서 앙상한 뼈에 천만 걸친 아이들이 구걸을 하는 곳, 그곳이 캄보디아의 수상도시이다.

하지만 이곳 베네치아는 웅장한 유럽식 건물이 자리 잡고 있고, 간간이 창문에는 아름다운 꽃들도 보인다. 그리고 주변에는 멋있는 곤돌라(이동용 배)를 관광객들에게 태워주며 경쾌하게 노래를 불러주는 사람이 있다. 물론 내가 탄 것은 더 싼 수상버스였지만 말이다. 그래도 눈을 감고 옆의 곤돌라에서 곤돌리에가 부르는 노랫소리를 들으면 마치 내가 타고 있는 듯했다. 눈을 뜨면 아쉬움에 조금 서럽기도 했지만……

우리가 도착한 곳은 무라노 섬이다. 무라노 섬은 유리공예로 유명한데 유리공장도 있고 유리공예 판매점도 굉장히 많았다. 인생 선배인 엄마는 이곳저곳을 살피더니 제일 큰 판매점으로 들어가셨다. 그리고 제일 비싸게 보이는 유리공예 장식품의 가격을 직원에게 물어 보았다. 직원은 엄마를 비싼 물건을 살 만한 손님으로 여겼는지 막아 놓은 2층까지 열어주며 구경하라고 했다. 그러고는 사무실로 가서 차를 마시라고

권유했다. 직원은 계속 우리 엄마를 따라오며 하나하나 진지하게 설명
하면서 한국까지 배송비와 가격을 말해 주었다. 참고로 거울의 가격은
200만 원이 넘었고, 구입은 어림도 없었지만 대우받는 법은 배웠다. 그
때만큼 우리 엄마가 귀족같이 보인 적도 없었다. 덕분에 나는 손톱만한
작은 것부터 베르사유 궁전에나 어울릴법한 샹들리에까지 원 없이 볼
수 있었다.

▲ 무라노섬의 한 가정집

▲ 무라노섬 광장

수상버스(말이 버스지, 배입니다)를 타고 리알토 다리에 도착했다. 카니발용 가면, 카니발용 모자, 액세서리 등 구경할 것들이 너무 많았다. 순식간에 피 같은 2시간이 지났다. 그리고 내가 산 것 역시 2.5유로밖에 안 되는 그저 그런 장식품이었다. 엄마는 '시간낭비'를 했다며 화를 내고 꾸짖었다.

그 시간을 리알토 다리에서 아이쇼핑하면서 보낸 게 너무 아깝고 후회되었다. 유럽관광은 쇼핑을 하러 온 것이 아니다. 문화를 배우고 세상을 배우러 온 것이다. 한국에 돌아가면 카니발 가면은 지점토 조각이고, 피노키오는 나뭇조각이 되는 것을 좀 더 일찍 알았으면 좋았을 것을!

민박에 짐을 찾으러 갔더니 밥 먹고 가라고 주인아줌마가 불렀다. 너무 배가 고파서 먹고 싶었지만 싸늘한 엄마의 눈초리 때문에 정중하게 사양하고 역으로 갔다. 수상버스를 타고 역으로 가는 내내 엄마 눈치를 봤다. 역에 도착해 저녁 식사로 피자 2조각을 샀다. 피자 값 계산도 내 돈으로 했는데 2.2유로나 나왔다.

차표를 간신히 끊고 다음 예정지인 빈의 숙소 때문에 엄마는 공중전화를 하고, 언니는 게이트 찾고, 나는 차표 확인하고 정신이 없었다. 쿠셋(침대칸) 2등석밖에 없는 기차라 정말 허술하고 볼품없었다. 엄마의 화를 가라 앉혀 주고자 "정말 깔끔하다!"고 말했다. 이상 선의의 거짓말이었습니다.

처음으로 타는 침대기차라 설레서 잠이 안 올 것 같다고, 이유는 달랐지만 잠이 안 오긴 했다. 기차가 움직일 때마다 덜커덩거렸다. 난 침대가 움직이는 줄 알았다.

오스트리아

 **4월 1일** 빈소년합창단, 오페라(La Fille Du Regiment)

잠이 안 온다더니 금세 잠들었는지 일어나니 7시 10분 전이다. 본능은 어쩔 수 없다.

"Breakfast is at 7."

머리에 어제부터 자동 입력시켜 놓은 즐거운 시간이 10분 전부터 대기하고 있었다. 메뉴는 차와 빵 두 덩어리이다. 2등석에 탔지만 1등석 손님

▲ 빈소년합창단

이라서 빵이라도 두 개 주는 것은 감사했다. 사실 이게 다일까? 조금 더 주지 않을까? 기대도 해 봤지만 끝내 음식은 더 오지 않았다.

빈의 숙소에 연락이 안 된 상태라서 공중전화를 찾고 있는데, 역 앞에 누추하게 차려입고 꽁지머리를 한 아저씨가 어슬렁거리며 나와 있었다. 말하자면 호객행위이다. 하지만 아저씨 덕분에 숙소를 잡고 아슬아슬하게 빈소년합창단을 보러 갔다.

성당 내부는 일요일이라서 빈소년합창단을 구경하러 온 사람들, 성당 미사를 드리러 온 사람들로 인해 꽉 찼다. 왜 내 앞에만 나보다 60cm는 더 커 보이는 덩치의 남자가 있는지 모르겠다. 참고로 내 키는 155cm가 안 된다. 빈소년합창단의 합창을 기다리다 지쳐서 사람이 조금 빠지면 그 사이로 비집고 들어가지만 내 앞은 40cm 더 큰 여자가 있다. 해리포터가 선물 받았던 투명 망토가 내 앞사람들의 머리에 필요했다. 마지막 무대인 소년합창단 차례가 됐다. 모두 진지하게 노래를 부르는 모습과 합창이 끝나고 빠져나가면서 합창단 아이들끼리 장난치는 행동은 천사처럼 보였다.

눈앞이 캄캄했다. 오스트리아 일정 담당은 나인데, 오스트리아에 대해 공부한 것은 기차에서 한 것이 전부였다. 이탈리아 여행을 할 때 엄마께 준비 잘 못했다고 구박은 왜 했는지 후회스러웠다. 언니와 엄마가 날 한심하게 보고 있을 모양이 상상이 되었다. 어쨌거나 오페라하우스부터 갔다. 아무리 배경지식이 없더라도 빈이 음악의 도시라는 것은 아니까!

빈에 도착하면 바로 오페라 하우스부터 빠르게 한 바퀴 돌아보라고 권해 주고 싶다. 매일 있는 오페라지만 그런 오페라를 너무 사랑해서 현지인들도 보기 때문에 줄이 장난 아니게 길기 때문이다. 그렇게 긴 줄 뒤에 가서 그냥 서서 있으면 안 된다. 굳이 말하지 않아도 기다리는 사람들을 보면 알 수 있다.

대부분 간이의자를 들고 나왔고 초 고수들은 보드게임을 가지고 나와 아예 게임을 즐긴다. 보드게임이 탐났지만 내가 할 수 있는 게임이란 눈동자로 할 수 있는 게임, '사람구경'이었다. 워스트 드레서 뽑기, 길거리 다니는 사람들이 들고 다니는 간식의 종류에 따라 지위 구분하기, 무단횡단 하는 사람들이 몇 명인지 세기 등…….

3시 45분부터 오페라하우스 밖에서 기다리다가 오페라하우스 안에 들어가서 또 잠깐을 기다렸다. 표를 사고 나서 필요한 것은 스피드다. 막 뛰어서, 웬만하면 앞의 사람을 앞질러서 홀 입구에서 또 줄을 선다. 거기서 또 잠깐 기다린 다음에 홀에 입장했다. 영화 한 편 가격인데도 생각보다 무대와 가까웠다. 'La Fille Du Regiment'이다.

군대에서 자란 여자아이가 출생의 비밀이 밝혀지면서 그녀를 좋아해서 입대한 남자와 우여곡절 끝에 결국 결혼하게 되는 내용이다. 가벼운 내용이지만 노래가 들어가서 신선했다. 하지만 드레스를 입고 와서 즐기고 갈만한 오페라는 아니었던 것 같았는데 많은 관람객들이 드레스와 정장들을 갖춰 입었다. '빈의 오페라 문화는 이런가?' 하고 궁금했는데, 내 옆에 계시던 한 노신사 분께서 이번 오페라에 대해서 설명해 주셨다. 빈에서 첫 선을 보이는 '프리미어'라서 대부분의 사람들이 시상식 복장을 하고 있는 것이라고 했다. 처음이라 유명한 사람들도 많이 참석했다고 한다. 물론 우리가 있는 3.5유로짜리 자리가 아닌, 앞에 편하게 앉아서 보는 곳에 말이다. 하지만 우리가 서서 보던 곳도 무시할 곳은 아니다. 입석임에도 1인당 하나씩 영어번역기가 있었다.

프리미어라 그런지 배우들의 인사도 끝이 없이 길었다. 다들 박수를 보내는데 인내심이 한계에 도달한 우리 가족은 그냥 나왔다. 내일을 위해서 마음속으로 박수를 보내면서.

빈에서의 오페라 관람은 나의 생전에 처음이었고, 'La Fille Du Regiment' 역시 빈에서 선보이는 게 처음이었으니, 오늘 빈 투어의 '최유라 가이드' 성공적으로 임무완수. 끝.

 **4월 2일** 오페라 토스카(Tosca)

맑고 잔잔한 시냇물을 따라 종이배가 흘러가는데,

"유라야, 일어나 밥 먹어라."

유리잔도 깨질 것 같은 날카로운 목소리였다. 냉큼 일어났다. 그동안 묵혀 두었던 빨래부터 처리하는 날이다. 이곳은 세탁을 안 해주는 것은 물론이고 화장실에서 양말 등 작은 손빨래를 하는 것도 금지였다.

언니와 나는 밀린 세탁물을 들어 있는 가방을 2개나 들고 빨래방을 찾으러 나섰다. 난생처음으로 하는 세탁을 오스트리아에서 언니와 나는 시작했다. 영어인가 싶은 글자들이 전부 독일어였다. 대충 눈치껏 동전을 넣고 버튼 아무거나 누르니까 세제가 나왔다. 우리가 하는 행동들이 코믹영화인 것처럼 시청하고 있던 오스트리안 아주머니께 도움을 청해서 간신히 세탁기를 돌렸다.

30분쯤 지났을까, 저쪽 빨래건조기가 문제인 것 같았다. 두 아주머니가 싸우고 있었다. 돈을 먹었느니, 너 때문이니, 하는 것 같았다. 언어가 무엇이든 싸우는 꼴은 전부 다 똑같았다. 결국 건조도 해야 되는데 졸지에 싸움 구경하는 신세로 변해버렸다. 싸움이 끝난 후, 우리와 같은 신세였던 싸움 구경 중인 한 아저씨는 자신과 우리의 신세가 같다는 것을 인지하지 못하고 우리가 안쓰러웠는지 건조대 자판기를 먼저 쓰라며 양보했다. 돌아오는 길도 순탄하지는 않았다. 언니를 따라서 걸어가고 있었는데 언니가 나에게 물었다.

"너 어디 가는 길인 줄 알고 가는 거지?"

"허걱……!"

언니는 나를 의지하면서 따라 오고 있었던 것이다. 결국 우리는 길을 잃었고 빨래 가방을 들고 빈 역까지 들렀다가 숙소에 도착했다.

엄마께서는 어여쁘게 꽃단장을 하면서 이곳에서 하루 더 머물 거라고 했다. 내일도 오늘 아침과 같은 밥을 먹어야 한다니 걱정이다. 배가 안 고팠으면 좋겠다. 김치찌개, 감자볶음, 잡채 등 반찬 이름은 집에서 먹는 것과 똑같은데 모든 반찬에는 이상한 돼지비계 같은 것을 잘게 다진 고기가 들어 있어서 젓가락이 가지 않았기 때문이다. 아침 먹은 지 얼마 지나지도 않았는데 허기가 졌다. 그리하여 오늘은 오스트리아 음식의 대표인 슈니첼을 먹기로 했다. 돈가스와 비슷한 종류였다. 소스 없는 돈가스. 그냥 똑같았다.

두 번째 오페라 탐험기로 제목은 들어본 적 있는 푸치니(G.Puccini)의 '토스카(Tosca)'를 보러 갔다. 엄마가 줄을 서 있는 동안 언니와 내가 빵을 사오기로 했다. 빵 가게든지 햄버거 가게든지 근처에 아무것도 없었다. 사거리를 지나서 우리나라의 명동 같은 번화가까지 가서 빵을 사서 돌아왔더니 사람들이 다 입장을 했다. 엄마는 오페라 하우스 내부에 대기하는 곳에 자리를 맡아 놓고 밖에서 기다리고 계셨다. 어제보다는 앞 줄이었다.

한참 줄을 앉아서 기다리고 있는데 독일에서 온 학생이 우리 자리에 1유로가 떨어져 있었다며, 우리 것이냐고 물었다. 아니라고 했는데 2분 후 오스트리아 여자가 우리 자리에 있었다며 1유로를 우리에게 전해주는 것이 아닌가. 당황해서 대답한 "NO, That's not mine."에 이어 주변을 의식해서 또 대답한 "NO."

돈이 나를 유혹했지만 거절했다.

엄마께서는 어제 본 코믹한 'La fille Du resiment'보다는 '토스카' 같은 종류의 오페라를 선호하셨지만 어제만큼 배우들이 열정적이지 않았다고 말씀하셨다. 엄마의 붕어빵인 나 역시도 번역기도 보랴, 배우들까지 보라, 너무 힘들게 느껴졌다. 그렇게 오페라로 가이드 일을 쉽게 한 오스트리아에서의 두 번째 날도 끝났다.

 4월 3일 슈테판 성당 ➡ 호프부르그 왕궁 ➡ 국회의사당 ➡ 시청

'설명하지 못할 비계 덩어리들 사이에서 고기야, 너 어디 숨어 있니?'

아침 식사 시간에 내가 고기를 부르는 소리다. 민박집의 위치는 역에서 걸어서 3분 거리로 굉장히 좋았지만, 손님은 역에서 멀리 있는 민박집보다 훨씬 적었다. 역에서 가까우면 교통비가 적게 지출이 되는데도 우리 가족 역시 역에서 멀리 있는 민박으로 가고 싶어 했으니 여행객들을 위한 숙소로는 빵점이었다.

이곳은 주인아주머니가 10년 넘게 민박을 한 곳으로 아주머니 개인적으로는 자랑스러워하는 것 같았다. 하지만 내가 보기에는 낡고, 너저분하고, 더러워 보였다. 이불도 덮기가 찝찝했고 컴퓨터 책상도 끈적끈적

빈 시청

시청사 꼭대기에 있는 사나이

한 것 같아서 매일 확인 후에는 손을 씻고 싶었다. 밑에 고용되어 일하는 사람도 더불어 청결하게 청소를 하지 않았다. 사실 우리도 오고 나서 알게 된 것이지만 이곳은 유명한 교수님이 오래전에 유럽 여행 때 쓴 책에 나와 있는 곳이다. 그분의 설명을 보면 청결하다고 나와 있지는 않아도 불결하다고 표현하지 않았다. 그때는 지낼 만했는지는 몰라도, 지금은 다들 하루 묵고 떠나갔다. 오늘 아침 역시 뭐라고 이름 짓기 어려운 반찬에서 비계 속을 더듬어 고기를 골라 먹고 숙소를 나섰다.

내심 오늘도 오페라를 보길 바라며 나섰으나, 우리가 도착한 곳은 이름 모를 성당이었다. 슈테판 성당, 빈을 대표하는 건축물 중의 하나이다. 그때까지 난 상황파악이 되지 않았다. 번개같이 머리에 스친 것,

"오늘 시티 투어 해요?"

"어!" 엄마의 대답.

침묵 속에 있다가 "엄마, 오늘 오페라 보면 안 돼요?"

정중하게 여쭤보고 내가 들은 대답. "안 돼."

배경지식마저 없는 이곳을 내가 어찌한단 말인가. 임기응변으로 나는 슈테판 성당 앞에서 빈을 설명한 한국어 책자를 엄마를 설득해서 샀다. 여행 책자를 숙소에 두고 나왔다고 엄마와 언니에게 말을 할 수는 없었다. 그렇게 빈 담당 최유라는 몹쓸 가이드 짓을 시작했다. 슈테판 성당의 뾰족한 모든 것은 내 마음을 찌르는 송곳 같았고, 회색빛 벽도 녹아내리는 가슴 같아 마음이 아팠다.

다음 목적지는 호프부르크. 빈에서의 첫날 아침에 빈소년합창단을 보러 간 곳이다. 지나가는 사람에게 길을 물어서 위치를 찾으면서 일이 슬슬 잘 풀려 나갔다. 엄마와 언니가 이구동성으로 '이번 가이드는 참 귀엽게 하네.' 하는 말에 기운이 나서 호프부르크 안으로 들어갔다. 관광 안내 책을 펼쳐서 언니와 엄마에게 알고 있는 것처럼 설명하기 시작했다고 말을 하고 싶지만 사실은 그냥 책을 막 읽었다. 근데 아, 저 존경의

눈초리는 뭔 겨! 자신감이 생겨 책에 있는 내용을 대충 풀어서 설명했는데, 엄마와 언니가 정신없이 내 얘기를 듣는 게 아닌가! 아는 것, 모르는 것 총동원해서 몇 번 받아본 투어처럼 해 봤다. 호프부르크 역시 오스트리아 역사의 한 줄기이기 때문에 볼 것들이 참 많았다.

합스부르크가에서 쓰던 물건들을 전시한 씨씨 박물관을 따로 따로 관람한 후에 분수대 앞에서 모이기로 했는데 약속장소에서 만나지 못했다. 그렇게 서로 기다리느라고 1시간씩이나 시간이 흘러서 결국에 엄마와 언니가 다투게 되었다. 언니는 다른 곳에서 기다렸다고 했지만, 엄마는 미안하다고 말하지 않는 언니가 서운한 모양이었다. 가이드로서 중립을 지키면서 최대한 서로 화해시키려고 "여러분!" 외치며 고객들을 다음 코스인 국회의사당으로 데려갔다.

국회의사당은 그리스 신전을 본뜬 건물이었고, 그 옆의 시청은 너무 높아서 웬만큼 거리가 멀지 않고서는 사진 찍기가 곤란했다.

"유라야, 트램 타면 안 되겠니?" 배가 아프시다는 엄마.

"나 사진 찍으러 안 가." 배짱을 내미는 언니.

"여러분, 사진 찍으러 갑시다!" 외쳤지만 결국에는 가이드 혼자 외로이 기념 독사진을 찍고 오는 안타까운 사연이 있었습니다.

지옥 같던 민박집을 떠나게 된다는 것은 새로운 숙소를 잡아야 하는 것을 의미한다. 다행히 움밧호스텔을 잡았다. 빈을 떠난다고 말하고 나오는데 민박집 아주머니가 따라 나와서는 우리에게 어느 침대를 사용했는지 물었다. 그리고는 언니가 사용한 침대에서 '민박집이 더럽고 반찬이 매일 똑같다.'는 민박집을 욕하는 낙서가 쓰여 있다고 했다. 나는 언니가 쓰지 않았다는 것을 알고 있다. 왜냐하면 난 우리 언니를 알기 때문이다. 그리고 민박 아주머니도 그다지 의심하는 것 같지는 않았다. 그런데 왠지 내가 했다고 욕하고 나오고 싶은 심정이었다. 그런 곳에서 숙박을 안 해본 사람은 모른다.

'반찬이 왜 이따위야! 매일 똑같은 반찬에 진짜 더러워!'

비록 내가 쓴 낙서는 아니지만 어떻게 내 마음을 그렇게 꼭 집어서 쓴 건지 신기하다. 그렇게 다시는 오지 않을 그곳과 세이 굿 바이를 했다.

움밧호스텔은 정말 좋다. 이건 서양식을 좋아하는 사대주의가 아니다. 사대주의고 오대주의고 일단 한인민박의 아침밥을 먹지 않는 것에 감사하다. 일단 청결에서 합격! 새 침대시트와 전용사물함 그리고 4인실이라 4명만 쓰는 4인 전용화장실. 천국이다. 우리를 제외한 다른 룸메이트는 옷을 보니 발레리나인 모양이다. 영어를 전혀 못했다. 굉장히 어색하게 "Hi", "불 꺼도 돼요?"만 이야기했다.

그래도 첫 가이드 날에 새로운 곳에서 시작하는 숙소는 완벽했다.

 **4월 4일** 쉰부른 궁전, 벨베데르 궁전

▼ 쉰부른 궁전

깨끗한 침대에서 일어나 전용 화장실에서 한가롭게 씻었다. 속옷과 양말까지. 이미 발레리나도 나갔으니 엄밀히 말하면 이제 우리 세 명의 전용 룸이나 마찬가지이다. 게다가 3유로에 즐기는 아침 메뉴는 빵 5가지, 잼 두 종류, 햄, 치즈, 시리얼, 요구르트 등 다른 호스텔과 마찬가지지만 오랜만에 만나는 뷔페식은 과식을 불렀다. 결국 내 배를 보고 임신한 줄 착각하게 되는 상황까지 갔다. 너무 많이 먹어서 미안했지만 여기 음식을 점심거리로 싸가는 저쪽 테이블 사람보다는 예의바르다. 한국음식이 맛이 없다는 것이 아니라 숙박객이 많아 회전이 빨리 되는 신선한 음식이 매일 같은 반찬인 한식보다는 낫다. 호스텔 주방장님, 감사드려요.

일단 쉔부른 궁전으로 출발. 프랑스에서 베르사유 궁전과 맞먹는 궁전이라고 한다. 나름 오스트리아를 맡았기 때문에 열심히 설명을 했다. 그러나 틀리게 말하지는 않았지만 확실하지 않은 것도 많이 말한것은 비밀이다. 사실 찾아 가는 것도 조금만 복잡하면 "나를 따르라."만 외친 후에 언니한테 "언니가 심심할 것 같으니까 길을 찾아." 하고는 뒤따라간다. 아무튼 내가 조금 서툴게 해도 엄마와 언니가 귀엽게 봐 준다. 그거면 된 거다.

일단 아는 척은 했지만, 결국에 많은 관광객들에 묻혀서 쉔브른 궁전에 도착했다. 매우 넓었지만 베르사유만큼은 아니었다. 관람객의 인원 조정을 위해 입장 시간이 정해져 있고, 오디오 가이드 사용은 필수로 만들어 놓아서 합스부르크왕가의 이야기를 이해할 수 있게 도와주었다. 아무래도 영어라서 다는 이해하지 못했고 조금 내 수준에 맞게 이해했다.

아무튼 엄마를 위해 쉔브른 궁전 정원에서는 수프가게, 슈니첼 가게 등 20여 개의 포장마차가 기다리고 있었다. 엄마가 '너무 굶고 다녀서 배가 아프다' 를 남발하신 관계로 스프 2개와 빵 그리고 라자냐를 먹었다. beef가 들어갔다는 스프는 완전 어묵과 국물이다. 길거리에서 벌벌 떨면서 서서 대충 먹었다.

어제부터 가기로 했던 벨베데르 궁으로 출발했다. 오스트리아의 교통은 완전 복잡하다. 우리나라는 지하철이면 다 통하는데 여기는 S반, U반 어쩌고 하면서 검사도 안 하는 표만 판다. 사고 싶지 않지만 언니가 사라 해서 어쩔 수 없이 아까운 돈이 샌다.

벨베데르 궁은 내가 좋아하는 클림트 작품이 있는 곳이다. 상궁과 하궁으로 나뉘어져 있는데 황제의 여름별장이다. 이곳을 집으로 만들어 사람들을 살게 하면 도시가 될 정도로 크다. 에잇! 한국은 전시회랍시고 원룸에 그림 몇 점 갖다 붙인 것들이 참 많은데 이곳은 궁전이다.

역에 내리니 벨베데르궁이 한눈에 보였다. 궁전이라고는 믿기가 힘들 정도로 강한 포스를 뿜어내고 있었다. 미술관에서는 무조건 오디오 가이드가 필요하다는 엄마의 신념 덕분에 완전히 알아듣지는 못하지만 그림을 보는 방법 역시 나아지고 있었다. 그림을 자주 보면서 화가에 대한 배경지식을 조금씩 늘려가다 보면 그림의 포인트, 그리고 카리스마를 느끼게 된다.

오르세 미술관에서 "학생은 어느 화가가 제일 좋아요?" 라는 가이드의 질문에 얼떨결에 나온 '구스타브 클림트'의 그림 '키스'를 은근히 기대하고 있었다. 최대한 침착하게 이 그림, 저 그림 빠트리지 않고 한 방, 한 방 보면서 설명을 들었다. 그러다가 내가 마음에 두고 있던 '그 방', '그 그림' 앞에 멈추어 섰다. 강렬한 금색물감과 금

▲ 클림트의 키스

박으로 표현되는 화려한 느낌, 황금색의 조화로 가슴이 설레고 떨렸다. 한때 정말 좋아하던 가수를 직접 보았을 때처럼 황홀했고, 옛날의 황홀한 그 느낌을 화가의 예술작품에서 다시 느낄 수 있는 게 영광이었다. 작품은 상상 한 것보다 크기가 훨씬 컸고 온몸에 소름이 돋았다.

그 후, 클림트의 몇 작품을 더 보았는데 '키스'에서 그의 색채가 너무 강렬하여 새로운 맛이 들지 않았다. 자신을 표현할 수 있는, 대표할 수 있는 화풍을 가지는 것도 중요하지만 변화도 대단히 중요한 것 같다. 미술관을 매번 다녀올 때마다 느끼는 것이지만 예술작품을 보며 느끼는 감정을 생각해보면 자신이 참 대견하다. 내가 조금씩 성장해 나가고 있다는 생각이 든다. 미술관이 닫히기 30분 전이었다. 30분이라는 시간은 하궁을 보기는커녕 뛰어서 도착할 수 있는 시간이나 될까 하는 거리에 위치해 있었다. 게다가 언니와 만나기로 한 약속시간도 10분 지난 상태였다. 약속장소인 하궁에 뛰어가 보았다. 아무도 없다. 상궁에 다시 올라가 보았다.

"언니가 아직 안 왔어. 하궁에 다시 한 번 가봐야겠다." 엄마의 말씀.

"엄마, 나 힘들어. 엄마가 가보시면 안 돼요?" 나의 대답.

"엄마는 배가 아파서 뛰어갈 수가 없어." 엄마의 말씀.

"쳇, 그거 핑계다. 가기 싫으니까 날 시키는 거지." 나의 속마음.

그렇게 또 하궁까지 뛰어가는 중에 왠지 언니가 뒤에 있을 것 같은 느낌이 들어 뒤를 돌아보니 언니가 상궁에 있었다. 그림에 너무 열중하다 보니 미술관이 닫히기 5분 전(약속시간 25분 후)이 되어서 클림트의 작품만 보고 상궁을 나왔다고 한다. 상궁의 반도 못 본 것 같아 아쉽다고 했다. 그렇게 벨베데르 궁의 상궁 관람은 끝이 났다. 내일 하궁을 보는 것으로 일정을 시작해야겠다.

엄마는 오늘 내 가이드가 마음에 들었는지, 아니면 엄마 말대로 너무 굶어서 고기를 뜯어야 했는지 거하게 한턱 쏘겠다며 우리들을 이끌고 레스토랑으로 들어갔다.

스프, 세트 메뉴에 붙어 나오는 샐러드, 샐러드 하나 더 추가, 치즈와 햄이 들어간 빵, 슈니첼, 에피타이저 빵이 나왔다. 정말 배가 터지는 줄 알았다. 특히 오늘 먹으면서 또 느낀 것이지만 슈니첼은 오스트리아 전통음식이라고 하는데 돈가스랑 완전히 똑같았다. 게다가 오늘 나온 스프는 주방장을 불러서 특별히 추천받은 스프였는데 내가 졌다. 벨베데레 궁에서 점심으로 먹은 BEEF(쇠고기)스프라는 어묵국까지 아무리 생각해도 오스트리아 음식은 개성이 없다.

어라! 밥을 먹고 보니 29유로라고 생각한 음식 값이 계산서에 32유로라고 쓰여 있다. 그대로 묵과할 수가 없어 웨이터를 불렀다. 3유로는 에피타이저 빵의 가격이라고 한다. 에피타이저는 거짓말이다. 우리는 시킨 적이 없는데. 결국 32유로를 내고 숙소로 돌아오는 참패를 당했다. 우리는 그 이후로 동그란 빵 세 개가 나오면 웨이터를 유심히 본다!

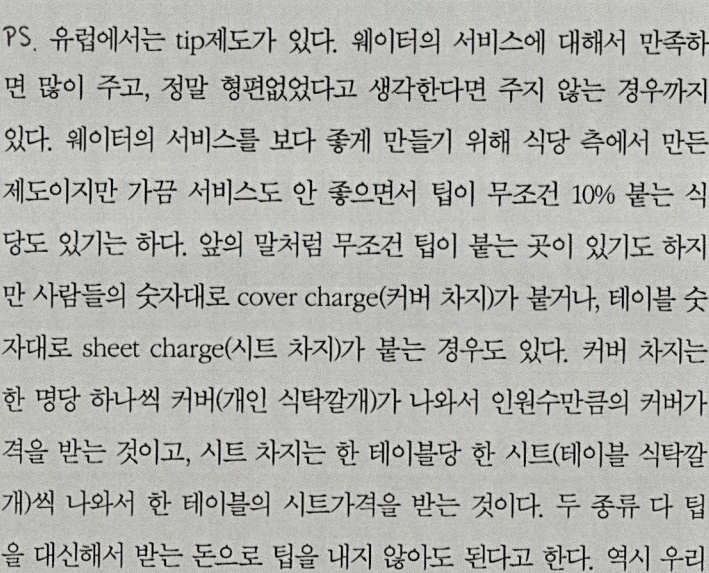

PS. 유럽에서는 tip제도가 있다. 웨이터의 서비스에 대해서 만족하면 많이 주고, 정말 형편없었다고 생각한다면 주지 않는 경우까지 있다. 웨이터의 서비스를 보다 좋게 만들기 위해 식당 측에서 만든 제도이지만 가끔 서비스도 안 좋으면서 팁이 무조건 10% 붙는 식당도 있기는 하다. 앞의 말처럼 무조건 팁이 붙는 곳이 있기도 하지만 사람들의 숫자대로 cover charge(커버 차지)가 붙거나, 테이블 숫자대로 sheet charge(시트 차지)가 붙는 경우도 있다. 커버 차지는 한 명당 하나씩 커버(개인 식탁깔개)가 나와서 인원수만큼의 커버가격을 받는 것이고, 시트 차지는 한 테이블당 한 시트(테이블 식탁깔개)씩 나와서 한 테이블의 시트가격을 받는 것이다. 두 종류 다 팁을 대신해서 받는 돈으로 팁을 내지 않아도 된다고 한다. 역시 우리

가 내야 했던 3유로도 커버 차지와 비슷한 종류로 에피타이저 빵 가격이 아닌 팁이라고 보아도 무방하다. (빵 한 개당 1유로로 1인당 빵 하나씩). 다행히 그때 기분이 나빠서 팁을 내지 않고 나와서 속이 부글부글 끓을 일은 없었지만 웨이터에게 따진 그때를 생각하면 미안해진다.

웨이터 양반, 잘해줬는데 욕만 먹었죠? 우리가 뭘 좀 몰랐네. 빵 값 받았으니깐 이해하세요.

 4월 5일 벨베데르 하궁 ➡ 자연사박물관

　맛있는 아메리칸 스타일 뷔페식 아침을 먹는다는 것이 나를 일찍 일어나게 만든다. 따끈따끈한 빵에 치즈와 햄까지! 날이면 날마다 먹을 수 있는 게 아니거든요. 아마 우리 여행의 목적이 밥으로 변질되고 있는 모양이었다. 아침을 먹고 벨베데르 궁을 갈까? 점심은 자연사박물관에서 먹을까? 일정을 머릿속에 정리하면서 어젯밤에 공부한 오스트리아의 미술사를 기억하려고 애썼다. 그래도 요플레에 시리얼을 넣어 먹을 때는 깃털보다도 더 부드러운 맛에 아무런 생각이 안 났다.

　'여러분'을 이끌고 벨베데르 하궁으로 갔다. 하궁은 중세미술(성경적인 그림)과 바로크미술전시가 주로 되어 있다고 한다. 중세미술은 성경과 관련된 그림들이고 바로크 미술은 화장을 많이 한 귀부인 느낌이 나는 화려한 그림들이다. 역시 그림의 카리스마는 어제 본 것을 다시 보았는데도 여전했다. 역에서 입구까지, 입구에서 상궁까지, 상궁에서 호수와 정원을 거쳐서 하궁까지 걸어 다니는 것은 힘들었다. 벨베데르는 관람객들을 위해서 마을버스를 한 대 구입해야 한다.

상궁의 작품들이 '이름이 알려진 작품'이라면 하궁은 내부를 구경하는 것도 좋았다. 꽉 닫혀있는 '비밀의 화원'으로 통할 것 같은 큰 문이 있어 밀고 나가니 뒤 정원으로 통하는 문이었다. 〈Gartenlust〉 특별전시회가 열리고 있었다. 모네와 클림트의 꽃 그림들이 있었지만 미술학도가 아니면 보기 힘든 덜 유명한 그림들로 전시되어 있었다. 그러나 나에게는 스스로 그림을 해석하는 재미가 있는 그림들이었다. 그림들의 분위기를 말해도 보고, 색깔의 배치를 감히 비판도 해 보았다. 클림트의 〈Farm Garden with Sun flowers〉의 매력은 엄마를 사로잡았다 (구두쇠 엄마는 나중에 쿤스트 하우스에서 프린트된 그림을 사서 여행 중에 가지고 다니면서 잠잘 때마다 보며 감탄사를 내는 것으로 우리를 괴롭혔다.)

자연사박물관까지 일정에 포함시켰다. "나를 따르라!" 소리를 지르니 모두 주목했다. 나를 존경하는 여러분들을 이끌고 U반(지하철)을 타고 앞장서니 내 2명의 고객, 소라 씨와 엄마 씨가 "가이드님" 하며 쫄래쫄래 따라 왔다. 사실 계획도 내가 짠 계획이 아니라 여행 책자에 있는 그대로를 실행하는 거지만 그래도 왠지 잘 이끈다는 것이 뿌듯하다. 일정을 그대로 실행하고 내용 설명을 하나하나 깔끔하게 하는 게 가이드의 존재 이유니까 책에 쓰여 있는 것을 그대로 읽는 수밖에 없다. 하지만 책자 꼭두각시라고 놀리는 것은 금물. 나중에 들었지만 엄마께서는 빈 때의 긍정적인 가이드가 이제까지 가이드 중 제일 좋았다고 했다. 역시 나는 못하는 게 없다.

어느새 자연사박물관과 미술사박물관에 도착했다. 두 채의 고풍스러운 건물이 마주 보고 있었지만 일단 가까운 곳으로 나의 고객님들을 모시고 갔다. 자연사박물관이었다. 엄마는 10유로, 언니는 1.5유로, 나는 공짜다. 입장료는 역시 엄마 마음이 아픈 수준이었다. 그래도 뭐 일찍 태어난 죄를 어쩌겠나.

유럽의 박물관이나 미술관은 갈 때마다 느끼는 것이지만 궁전을 박물관 용도로 사용한 것인지, 처음부터 박물관으로 만든 건물인지 구분이 안 갔다. 한국은 그저 전시물품에 집중을 한다면 유럽은 박물관의 외부도, 천정도, 벽도 모두 집중을 해야 한다. 아! 박물관에서 살고 싶다. 먼저 자연사박물관을 들어가면 박제된 사자가 눈에 띈다. 사자의 트레이드마크 표정인 잡아먹을 것 같은 사나운 표정은 자세히 봐야 보일 듯 말 듯 하고, 박제해서 그런지 그냥 귀여운 인형 같다. 첫 번째 방은 온갖 돌을 전시해 놓은 곳이다. 이곳에 가면 꼭 옆에 있는 관람객의 얼굴에 집중하길 바란다. 휘둥그레진 눈에 탐욕에 가득한 눈동자가 이리저리 구르고 입이 벌어진다. '언니, 침 좀 닦아.' 세상의 광물질은 다 모아 놓은 것이다. 금이 박힌 돌을 보았을 때는 나조차도 비몽사몽이었다. (나중에 그것이 진짜 금이 아닌 가짜 금이라는 사실이 밝혀졌다.)

다음 방은 세계의 동물들을 다 모아서 박제시켜 놓은 박제동물의 방이었다. 원숭이도 그냥 원숭이만 있는 것이 아니다. 일본원숭이, 침팬지, 긴꼬리 원숭이, 개코 원숭이, 양털 원숭이 등등 많은 종류들이 전시되어 있었다. 특히 사자와 늑대들이 모여 있는 곳에서는 혹시라도 살아나는 것은 아닐까 싶어 빨리 지나갔다. 반도 못 봤는데 큐레이터가 6시 20분에 닫는다고 한다. 시계를 보니 5시 55분이다. 서둘러서 '빌렌도르프의 비너스'와 '미이라'를 보러 갔다. '빌렌도르프의 비너스'는 중학교 1학년 사회시간에 배웠던 것으로 사진으로만 봤는데 실제로 보게 된 것이다. 얼굴 없는 미녀로 뚱뚱한 배를 가진 것으로 기억된 돌덩이였다. 내가 사회책에서 보았을 정도로 유명한 것은 알겠지만 자신의 크기에 몇십 배는 되는 보호막에서 보호받을 가치가 되는 줄은 몰랐다.

큐레이터가 주변의 것들에 대해서 이야기하면서 내일 와서 만나게 되면 더 설명해주겠다고 했다. 사실 그렇지 않아도 망설이고 있었다. 이렇게 넓은 곳을 이대로 포기하고 가야 되는 건지 말이다. 그렇지! 포기란 없다. 내일 역시 고객들이 좋아하는 이곳에 또 오기로 약속을 했다. '나 최유라 가이드, 여러분을 위해 이 한 몸도 바칠 수 있는데 자연사박물관 한 번쯤은 더 데려와 주지.'

 ## 4월 6일 자연사박물관, 예술사박물관

어제 아침 식사 때 많이 먹어서 저녁 6시까지 끄떡없었기 때문에 오늘도 든든하게 배를 채우고 사랑하는 호스텔에서 나왔다. 그때 낯익은 뒷모습이 한인민박집 주인아저씨였다. 헝가리에 있어야 할 우리를 빈에서 만나면 아저씨가 기분이 좋지 않을 것 같아서 얼른 골목으로 숨었다. 사실 헝가리로 간다고 거짓말을 하고 현지인 호스텔로 숙소를 옮긴 것도 조금 미안했다.

자연사 박물관으로 갔다. 바다 식물도 보고, 공룡 뼈도 보고 있는데 어제의 큐레이터가 와서 설명해 주었다. 세상에서 제일 길이가 긴 공룡부터 제일 작은 공룡까지, 그리고 육식공룡과 초식공룡을 꼼꼼하게 설명해주는 것도 고마웠지만 스스로 자신의 직업에 뿌듯해하는 것 같아서 보기가 참 좋았다. 하나하나 꼼꼼하게 보면서 설명을 들었지만 그래도 어제 시간을 많이 투자해서 그런지 오늘은 그다지 오랜 시간이 걸리지 않았다.

입장료로 10유로가 넘은 지출이었는데 두 번씩이나 가는 것은 약간 아쉬웠다. 아침에 일찍 준비해서 박물관이 개관할 때 입장해서 폐관할 때 나오면 시간과 돈을 아낄 수 있다. 맞은편에 있는 예술사박물관은 다행히도 오디오 가이드가 있었다. 엄마는 이집트 쪽을 좋아하고, 언니는 서양화 쪽을 좋아했다. 그래서 처음에는 모두 이집트 방에서 시작했지만 조금 후에 언니는 서양화 쪽으로 발을 돌렸고, 나와 엄마도 시간과 만날 장소를 약속하고 헤어졌다.

이집트만 보는데도 3시간을 투자했고, 그 외 나머지를 2시간 안에 봐야 하는 이유로 그림에게 인사 정도만 건네고 돌아올 수밖에 없었다. 그래도 좋아하는 연예인의 TV 프로를 놓쳐 아쉬운 게 아니라 시간이 없어 보고 싶은 그림을 못 보는 것을 아쉬워하는 내 자신이 대견스러웠다.

자연사박물관에 한 번 더 갔기 때문에 저녁을 사먹을 돈이 모자랐다. 언니와 내 주머니에 있는 돈을 싹싹 긁어모아 케밥집에 들어갔다.

"니하우."

나의 모습이 중국 사람처럼 보였나 보다.

그래도 자랑스럽게 '코리안'이라고 말을 했다. 그러니까 종업원이,

"오우, 곤니지와?" 라고 했다.

나는 케밥을 받아 들고 당당하게 말했다.

"안녕하세요, and then 감사합니다."

그렇게 나름 자랑스러운 일을 했지만 저녁에 엄마와 언니가 마지막으로 본 회화에 대해서 이야기할 때는 조용히 일기를 쓸 수밖에 없었다.

4. 헝가리, 체코

4월 7일 빈(훈더트바서하우스) ➡ 부다페스트(헝가리)

'훈더트바서하우스'로 갔다. '쿤스트하우스'라는 갤러리 옆에 있는 작은 공동주택이라서 입장료가 필요 없는 곳이다. '훈더트바서하우스'는 동화책에 나오는 집들의 모양을 하고 있었다. 알록달록한 색깔과 어린 아이가 크레파스로 색칠한 것 같은 엉성함이 그곳에 사는 아이들의 상상력을 키우는 데는 최고인 것 같았다. 그곳에는 실제로 사람들이 살고 있었다. 집의 벽에는 군데군데 깨진 타일이 예쁘게 붙어 있고 외벽 색도 내가 좋아하는 연한 푸른색이나 연한 벽돌색으로 칠해져 있었다. 집의 형태도 아파트처럼 반듯하게 지어진 게 아니라 곡선으로 구부러져 있어서 아이들이 그린 그림을 보는 것 같았다. 집 앞의 길은 울퉁불퉁해서 걷기에는 조금 불편했다. 그곳을 찾는 많은 관광객들 때문에 거주민들이 조금 불편할 거라는 생각이 들었다.

빈에서의 마지막 날이다. 이제 막 길을 외우고 정들었는데 막상 떠나려 하니 봐야 할 중요한 것들이 하나둘 보이기 시작한다. 엄마, 언니에게도 보여주지 못한 것이 너무 많은데……. 찾던 '체첸시온(겉이 화려한 갤러리)'을 찾지 못하고 엉뚱한 공원에 도착해버렸다. 처음에는 모두 나를 믿고 따라오면서 가끔, "가이드, 길 알아?" 하고 물어보면 "응, 나는 빈을 이미 꿰뚫었어." 하고 대답했다. 하지만 멋있는 언변도 30분이면 탄로가 난다. 결국에 알량한 자존심마저 버리고 지나가는 사람에게 길을 물었지만 헛수고였다. '나를 따르라!' 소리를 들으시던 엄마는 핵폭탄 같이 소리를 지르셨다.

"야! 화장실 데려다 달라니까!"

순간 언니와 나는 엄마가 갑자기 화를 내는 모양에 웃음을 터트렸다. "가이드! 화장실 가고 싶어." 하는 엄마의 말을 못 들은 척하며 눈치 보면서 길을 찾는 중이었기 때문이다. 결국 화장실만 들르고 기차역으로 갔다. 헝가리로 가기 위해!

헝가리는 원래 일정에 없었으나 빈에서 만난 사람의 추천으로 추가된 것이다. 나는 일단 짐을 지키고, 엄마와 언니는 좌석을 잡으러 갔다. 예약되는 기차는 지정좌석이 있는데 예약이 안 되는 기차는 표를 끊고 먼저 기차에 타서 자리를 잡아야 한다. 승객이 많아 보였지만 일등석이라

▼ 훈더트바서하우스

서 그런지 자리는 텅텅 비어 있었다.

'예약도 없이 무작정 간다네, 부다페스트!'

헝가리는 남한과 면적이 비슷하며, EU국가임에도 유로화를 쓰지 않고 자국화폐와 헝가리어를 사용한다. 헝가리는 공산주의 국가라고 했다. 저녁 6시가 되어 부다페스트동역에 도착하니 해가 슬슬 지고 있었다. 공산주의국가인 북한 바로 밑에서 십 오년이나 살았는데도 헝가리에 도착하니 음침한 기분이 들고 조심스러워서 마음이 자유롭지 않았다.

손목시계의 초침이 지나갈수록 초조해졌다. 믿고 간 민박집에 전화를 해도 받지 않았기 때문이다. 설마 민박집 전화가 잘못된 것일까? 민박집과는 끝까지 통화가 되지 않았다. 결국 호스텔 광고 전단지를 역에서 하나 주워 들고 지하철을 탔다. 호스텔 근처의 역에서 내리니 거리의 가로등들이 다 켜져 있고 상점의 불빛들이 반짝거렸다. 어둑어둑한 밤이었다.

이야기를 나누는 젊은 남자들이 몇몇 주변에 있었지만 지나치고 주위를 둘러보니 천천히 걸어가는 노부부가 있었다. 할머니에게 전단지를 보여 주고 길을 물었더니 호스텔 앞에 데려다 주며 벨까지 눌러 주셨다. 헤어진 후에 너무 감사한 생각이 들어서 10원짜리 동전을 들고 70미터를 뛰어가서 작은 선물이라고 드렸다. 처음에는 거절하시더니 할아버지께서 동전을 받으며 대신에 헝가리 동전을 주었다. 의도한 바는 아니지만 400원 가치의 돈을 벌었다.

벨을 누르니 사람이 나왔다. 방이 다 찼다고 한다. 엄마는 겁이 나는 모양이었다. 호스텔 측에서 다른 호스텔을 소개시켜 줬지만 계속 근처에 있는 고급 호텔이라도 들어가자고 졸랐다. 언니가 안 된다고 하면서 호스텔을 찾아서 앞장서 가니까 엄마는 언니가 걱정되어서 뒤쫓아 갔다. 다행히 포기하려던 참에 소개받은 호스텔을 찾았다.

2인실에서 3명이 붙어 자긴 했지만 그래도 마음 따뜻한 날이었다.

▲ 헝가리의 전경

 **4월 8일** 세체니 다리, 어부의 요새, 성당

우여곡절 끝에 찾은 호스텔이지
만 숙박요금은 빈보다 더 비쌌다.
TV까지 있으니 웬 말이냐! TV 있
는 이곳은 절대 우리 타입이 아니
다. 어제 퇴짜 맞은 첫 호스텔로
가서 가격을 물어 봤다. 16유로이
니 싸긴 쌌다. 하지만 엄마를 주
춤하게 만든 것은 남녀혼숙이었
다. 지저분한 것은 참을 수 있지
만 혼숙은 안 된다며 숙박을 안

▲ 어부의 성

한다고 말을 했지만 호스텔 주인이 일단 가방을 보관해 주겠다고 했다. 캐비닛에 짐을 넣고 열쇠를 가지고 나왔다.

맥도날드로 가서 끼니를 때웠다. 세트메뉴 하나와 햄버거 두 개가 자그마치 1,2000원이다. 동유럽국가라고 절대 얕보면 안 된다. 비쌌다. 나중에 알게 되었지만 버거킹이 더 싸다고 한다. 맥도널드는 심지어 케첩도 판다. 그냥 여권에 도장 하나 더 찍으러 왔다고 생각하며, 기차역으로 갔다. 숙소도 시원찮고 해서 오늘 부다페스트를 떠나기로 마음먹었기 때문이다. 무조건 프라하로 가자는 마음으로 기차역으로 걸어가는데 빈에서 우리에게 부다페스트를 추천해 준 독일유학생 부부를 만났다. 그분들이 묵는 집과 전화번호를 알려줘서 그곳으로 가기로 하고 프라하행도 자동적으로 하루가 연기되었다. 결국 하느님의 도움으로 공중전화에 가서 전화를 했다.

뚜뚜뚜뚜…….

기대를 말았어야지. 공중전화는 배가 고픈지 돈을 먹었다. 동전을 또 넣어도 없는 번호라는 멘트만 흘러 나왔다. "We are sorry……."

무작정 찾아가기로 했다. 미리 산 교통 1일 권 덕분에 탑승 중간에 한 표 검사도 걸리지 않았다. 전화번호만 잘못된 것이지 민박집은 있었다. 호스텔에서 짐을 찾아 다시 민박집으로 갔다. 이쯤이면 끝날 만도 한데 부다페스트 가이드를 맡은 언니는 관광도 해야 한다며 엄마와 나를 끌고 나왔다.

세체니 다리를 건너, 부다페스트성과 성당으로 갔다. 유네스코 지정 야경 BEST라고 한다. (엄마가 UNESCO라는 단어만 보고 지어 내었지만) 서울이 더 멋있을 수도 있다. 하지만 힘들게 걸어서 왔는데 서울이 더 낫다고 하기에는 너무 억울하다. 앞으로 돌진을 하든 말든 무조건 일정은 짜고 시작해야 되는 거야! 다리가 부러지는 줄 알았다.

 **4월 9일** 부다페스트(국회의사당, 성이슈트반 대성당 St. Stephen Basilica, 히로 광장) ➡ 프라하

망치네 집! 20유로에 조식제공, 적당하다. 우리가 휴일에 걸쳐서 와 숙박비가 더 비싸진데다가, 유명한 온천이나, 미술관도 닫았다. 자진해서 가이드를 하겠다고 손을 든 언니를 따라 투어를 시작했다. 언니의 가이드 기본철학은 다이어트이다.

걷고 또 걸어서 국회의사당에 도착했다. 플래카드 여러 장을 벽에 붙이고 서명을 받으면서 전단지를 나눠주는 여자가 있었다. 내용인즉 '오늘 저녁에 집회가 있습니다. 뒤집읍시다.'였다. '오늘 헝가리가 뒤집히겠네.' 그리고 우리는 부다페스트를 떠난다.

시위하는 사람 옆에 슈테판 성당이 있었다. 슈테판 성당은 동양과 서양의 분위기가 묘하게 조화된 듯한 느낌이 들었고, 현재 성당으로 사용되고 있음에도 불구하고 입장료를 받았다. 그리고 우리가 간 곳은 히로 광장으로 언니가 설명을 시작했는데 사실, 내가 한 것보다 조금 별로였다. 엄마도 사실 빈 관광 때가 그리우셨을 거야. 젊은이들의 만남의 장소인 영웅광장에는 박물관이 있었다. 부활절이라서 관광객들에다가 시민들까지 붐볐다.

케밥을 사러 갔는데 동양인이라서 그랬는지 아니면 2명이서 하나만 시켜서 괘씸해서 그랬는지는 모르겠지만 고기를 조금 넣어줬다. 기분 나빠서 휴지도 달라고 했다. 그리고 민박집으로 돌아가는 길인데 거리 분위기가 썰렁한가 싶더니 중국대사관, 북한대사관들이 모여 있었다. 아빠께서 빈에서 납치되었던 유명배우와 감독이야기를 해 주셔서 왠지 으스스했다. 어쩐지 사람들이 다들 개를 한 마리씩 옆에 끼고 가더니. 그래도 괜찮았다. 나는 엄마 개와 언니 개가 있으니까! 숙소(민박집)까지 무한반복해서 달렸다.

109

짐을 가지고 또 걸어서(말이 걸어 다닌다니까 쉬운 거지, 6시간 중에 1시간이 관광이고 5시간이 걸어 다니는 것) 지하철역에 도착했을 때 우리에게는 결정해야 할 중대한 일이 있었다. 지하철 표를 살 것인가, 아니면 마지막이니 무임승차를 할 것인가? 나는 싸게 가자고 우겼지만 언니는 마지막 장식까지 못되게 하지는 말자고 하며 옥신각신하다가 언니가 이겼다. 그리고 지하철을 타기 위해 에스컬레이터를 타고 내려가는데 검표원이 차표를 검사했다. '언니, 언니는 정말 천재야!'

역에 도착하여 프라하행 열차 예약비를 물어보니 생각보다 너무 비쌌다. 그렇다고 난 이곳에서 평생 살고 싶은 마음은 없다. 헝가리에서 있었던 일을 되풀이하지 않기 위해서 무조건 일정대로 진행하기로 했다. 그게 헝가리 경험에서 얻은 지혜였다. 이제부터 또 시작이다. 역할분담 실시! 언니는 먹을 것, 나는 짐 지키는 담당, 엄마는 기차표 사기!

내가 짐을 끌고 엄마를 쫓아갈 때였다. 언니가 벌써 온 것이다. 천진난만한 표정을 지으며 됐다는 듯이. 그리고 손에 있는 것은 웨하스 한 봉지. 언니 말로는 웨하스 외에는 먹을 것을 전혀 팔지 않는다고 했다. 언니의 체면을 살려주고자 거스름돈을 받아서 들고 갔다. 널린 게 먹을거리였다. 빵과 물을 사와서 언니에게 돌아가니 마술사 보듯 쳐다보고 있었다. 아까 천재라 했던 거 취소한다.

기차는 만원이었다. 그래서 언니와 내가 여기저기 다니면서 좌석을 찾았지만 3명만 들어갈 수 있는 곳은 없었다. 그래서 대충 자리 있는 곳에 모두 들어갔다. 6인실에 5명이 앉았다. 이게 무슨 만원이냐고? 내 덩치의 세 배만한 군인이 두 명 있거든요. 6인실에 9명 있는 느낌이었다. 그래서 군인들 첫인상은 매우 안 좋았다. 게다가 간이역에 멈출 때마다 창문 쪽으로 와자지껄 몰려서 나갔다가 들어오는 것을 반복했다. 마음에 안 들었다. 그런데 자세히 보니 간이역에 멈출 때마다 가는 이유가 바깥 구경을 하기 위해서였다. 그들의 손에 쥐어 있던 망원경을 보니 이해가 되었다. 휴가 나왔구나!

다행히 1시간쯤 지나니 우리 방의 모든 사람들이 다 나갔다. 한 방이 우리 차지가 된 것이다. 약간은 무서웠지만 침대차가 아닌데도 문을 잠그는 장치가 있었다.

슬로바키아로 입국할 때 여권검사를 했다. 멈추는 역마다 사람들이 탔지만 문을 잠그고 불 끄고 눈감고 잠자는 척했다. 기차에서 잠잘 때는 소매치기들을 항상 조심해야 하기 때문이다.

 ### 4월 10일 프라하 천문시계 ➡ 우체국

찌뿌듯하게 일어나니 새벽 5시가 넘어 있었다. 엄마는 기차가 체코 국경을 넘었다고 말해주었다. 문을 잠그고 중간 중간 우리 방을 두드리는 승객들에게도 열어주지 않았다, 검표원을 제외하고는. 프라하의 첫 느낌은 부다페스트보다 더 빈곤해 보였다. 프라하 중앙역의 시설들은 낡았고 먼지가 구석구석 쌓여 있었다.

다행히 공중전화를 찾아 민박과 연락이 되었다. 데굴데굴 펑. 무슨 소리? 언니 캐리어의 바퀴가 빠지는 소리다. 여행 중 제일 재수가 없어야 일어나는 바퀴가 빠져버린 것이다. 하지만 그때까지만 해도 '고치면 되지'라는 생각으로 신경을 쓰지 않았다. 새벽에 도착한 민박집 아주머니는 숙박한 사람들이 아침 식사를 다 하고 난 후에 우리가 먹을 차례가 된다며 기다리라고 했다. 기분이 몹시 나빴다. 아무튼 그래도 밥은 줬기 때문에 주는 밥 먹고 관광하러 나왔다.

프라하. 메트로를 타고 와서 굉장히 먼 줄만 알았는데 생각보다 작았다. 중앙역까지는 도보로 약 15분이면 도착하고 국립박물관도 갈 수 있었다. 이른 아침이라 박물관은 닫혀 있었다. 구시가지 광장을 통과해서 화약 탑, 틴 교회, 성 니콜라스 성당 등을 걸어서 갔다(?)고 한다. 사실 야간이동 때문인지 교회고 탑이고 하나도 기억이 안 난다. 그래도 기억에 남는 거 하나만 꼽자면 프라하에서 제일 유명하다고 하는 천문시계였다.

12시가 되어 우리는 관광객 무리들 속에 섞여서 천문시계를 보러 갔다. 천문시계는 도대체 시간을 정확히 알려주지도 않았다. 프라하 사람들한테 시계는 전부 다 장식용인가? 모양은 참 멋있었다. 나는 시간을 읽는 데만 열중해서인지 종소리는 학교 종소리로밖에 안 들렸다. 그래도 천문시계를 보기 위해서 200명가량의 사람들이 몰려들었는데 땡! 땡! 땡! (요 소리가 도대체 프라하의 명물이랍니다.) 그렇게 끝나자마자 모두가 야유를 퍼 부으며 떠나갔다. 역시 다 나같이 느낀 거야!

우체국에 갔다. 사실 동유럽치고는 간식이고 숙박비고 다 비쌌지만 우편요금만은 유럽에서 가장 쌌다. 날 자주 혼내던 담임선생님께 엽서를 썼다. 유럽에 오기 전에 꼭 찾아뵈려 했는데 편지도 쓰지 못하고 떠난 게

▼ 프라하 천문시계

죄송스럽고 '후환'도 두려웠다. 깨알 같은 글씨로 애교를 부렸다.

누가 프라하가 비싸다고 했던가! 오! 고급 레스토랑 씨, 당신은 왜 이렇게 싼 것인가요? 프라하의 대표음식인 '굴라쉬'를 시켰다. 그동안 비싸게 먹은 한을 여기서 풀었다.

참! 이번 가이드가 누군지 모를 뻔했네. 엄마였다. 아무쪼록 우리 엄마의 인도로 유대인지구에 들렀다가(휴일이라 문 닫힘) 카를 교를 건너서 숙소에 도착했다.

2시간 동안 언제 저녁밥을 주나 하면서 기다리고 있었는데 프라하의 한인민박은 저녁 식사가 제공이 되지 않는다고 한다. 인터넷에서 프라하에 대해서 시끄럽던 이유가 다 있었다. 결국 밤늦게까지 식사를 기다리다가 못 얻어먹고 밖으로 나갔다. 싸고 좋은 레스토랑 찾다가 종착역은 한국 레스토랑이었다. 떡볶이가 12,000원이다. 이것도 다 저녁 안 주는 민박 때문이에요.

많은 사람들에게 큰소리로 외치고 싶다. 프라하는 한인민박도 쩝.

근처의 호스텔에서 묵고 차라리 더 고급스럽게 저녁을 챙겨 드세요!

 4월 11일 프라하(바츨라프 광장, 프라하 성) → 뮌헨

8시가 되어야만 주는 귀한 아침 식사를 맞이했다. 그런데 그렇다고 먹을 것이 푸짐한 것도 아니다. 아무리 생각해도 한인민박은 아니다. 아무튼 이미 낸 돈이니 본전은 뽑아야겠다는 생각으로 두 그릇이나 먹었다.

오늘은 평소와는 달리 냉전 상태로 하루를 시작했다. 엄마가 나의 허락도 없이 내 로션을 언니에게 쓰라고 해서 엄마와 다투었기 때문이다. 아무리 엄마라지만 이건 엄마의 권력 남용이라고 생각한다.

일단 어제 갔던 바츨라프 광장으로 갔다. 졸려서 아무것도 보이지 않

◀ 프라하 카를 교 교탑

던 어제와는 달리 서서히 보이기 시작했다. 하룻밤 사이에 만들어진 것
도 아닐 텐데 어제는 아무리 찾아도 없던 틴 교회의 입구가 떡하니 자
리 잡고 있었다. 틴 교회의 외부는 고딕 양식, 내부는 바로크, 내부의
장식품은 고딕이라고 했다. 심지어 겉모습이 고딕양식건물인 옆의 건물
은 로코코식 궁전, 그 옆은 바로크라니…….

'참 늦게도 놀라워한다.' 감탄하는데 엄마
가 맛있는 설탕 빵을 사왔다. 나름 귀엽게
엄마 옆으로 붙어서 조금 떼어 먹었는데, "너
네 건 너네가 사먹어, 먹고 싶으면 돈 줄게.
이건 내가 샀으니까 혼자 먹을 거야" 한다. 그

▲ 프라하의 설탕빵

▲ 프라하 성 앞의 거리 예술가

래서 언니와 나는 돈을 받아 한 개를 사서 나누어 먹고는 조용히 따라갔다. 삐친 엄마는 그새 다 드시고 또 하나를 사 오셔서 혼자 또 다 드셨다. 엄마의 독재다.

엄마는 카를 교를 건너 프라하 성으로 가는 모양이었다. 카를 교에서 보이는 강과 언덕 위의 프라하 성이 어우러진 풍경은 사진으로는 결코 담아 낼 수 없는 살아있는 느낌이다. 그런 면에서 본다면 우리 눈으로 보이는 모든 부분을 담을 수 없는 사진기로 그 느낌 그대로 전하는 게 목적인 사진작가는 참으로 힘든 직업인 것 같다. 카를 교는 힘들었던 어제 왔을 때보다 훨씬 멋있었다. 어제는 무엇을 봐도 다 안개에 싸여 있는 것 같았는데, 오늘은 훨씬 나았다. 프라하 성에 처음 들어갔을 때 파주시 영어마을이 떠올랐다. 깔끔하고 세련된 연분홍과 연푸른색의 건물들을 지나오면 교회의 날카로운 바늘에 찔릴까 조심스러웠다.

콤비티켓으로 들어간 곳은 왕궁, 수도원과 황금소로 즉 황금의 길이다. 그중 황금의 길이 가장 흥미롭게 들렸다. 황금으로 만들어진 길인가? 황금 길의 유래는 한때 금세공업자가 몰려 있었기 때문이라고 한다. 하지만 진짜 황금은 그 뒤에 나타난 셈이다. 실존문학의 선두주자 카프카의 집이 있고, 여러 유명인들의 고향이라고 한다. 엽서를 파는 가게의 문도 작고 아기자기하게 붙어 있는 구멍가게들이 난쟁이들의 인사동 거리 같았다.

뮌헨으로 가는 열차는 텅 비어 있었다. 딱 한 명이 찬 룸을 제외하고는 다 우리 것인 셈이었다.

"언니, 내가 이 이야기 말했었나? 초등학교 4학년 때였나? 황사 때문에 놀러 나가지도 못하던 시기가 있었거든. 하루는 아빠께서 신문을 보신 후 서울, 경기도 지방은 등교 안 해도 된다고 말씀하신 거야. 그래서 나는 아빠만 믿고 밖에 등교하는 아이들을 보면서 '쟤네들 다시 집으로 가야 될 텐데' 생각하고 있었는데 몇 시간 후 담임선생님께서 왜 안 왔냐고 전화가 온 거야. 그래서 아빠께서 사정을 말씀하셨고 선생님이 친구들한테 유라가 감기 때문에 빠졌다고 말씀하셨어."

3시간씩이나 기차는 달렸지만 옛날이야기를 하다가 보니 벌써 뮌헨에 도착했다. 빈에서 묵었던 곳과 같은 체인의 호스텔에서 묵게 되었다. 뮌헨은 빈보다 물가가 비싸서 숙박비가 약간 더 비쌌지만 말이다. 6인실이지만 4명밖에 없어서 다행히도 편하게 잘 수 있었다.

◀ 프라하의 성비트 성당의 내부
▼ 프라하의 성비트 성당을 올려다본 모습

5. 독일, 오스트리아

 4월 12일 뮌헨 (칼스 광장 ➡ 노이하우저 ➡ 카우핑어 거리 ➡ 미하엘 교회 ➡ 마리엔 광장 ➡ 신시청사 ➡ 성령교회 ➡ 신시청사 인형극 ➡ 페터 교회 ➡ 마리엔 광장 공연 ➡ 프라우엔 교회 ➡ viktualien market(노천시장) ➡ 영국정원)

어제의 작은 다툼이 오늘까지 영향을 미쳐서 나의 가이드 일에도 지장을 주었다. 언니와 내가 아침을 먹으러 나가자고 했는데도, 엄마는 샤워를 하겠다며 아침 식사를 거르셨다. 그리고 엄마의 준비가 다 끝난 11시가 되어서야 나갈 수 있었다. 내가 가이드인데 뭐든지 엄마 마음대로다.

칼스 광장으로 갔다. 쇼핑거리이자 칼스문이 있는 칼스 광장을 지나 노이하우저 카우핑어 거리까지 싸늘하게 지나갔다. 그렇게 우리가 첫 번째로 도착한 곳은 미하엘 성당. 독일에서 가장 웅장하다고 했으나 나에게는 가족 분위기상 기억에 남으면 안 되는 곳이었다. 성령교회는 연한 분홍

▲ 뮌헨의 분홍 성당

118

▲ 마리엔 광장-신시청사

▲ 뮌헨의 양파 성당

색과 흰색이 어우러진 것이 공주님의 방을 연상시켰다. 나중에 결혼을
한다면 이곳에서 하고 싶다.

　다음 신시청사의 시계였다. 인형종이 치는 시간이어서 '땡땡땡' 종이
치고 난 후 인형극이 시작되었다. 처음에는 동영상으로 찍었으나 생각
보다 인형극이 길어서 동영상 찍는 것을 그만 두었다. 마지막에 관객의
탄성을 유도하는 장면도 있었는데 목이 아파서 나는 놓쳐버렸다. 인형

▲ 뮌헨의 성당내부

뮌헨의 성당 입구의 피에타

▲ 뮌헨 성당

극의 정확한 내용이 궁금했지만 엄마
의 싸늘한 분위기 때문에 물어볼 수
가 없었다.

우리는 성령교회 옆의 페터 교회로
다시 갔다. 페터 교회의 내부는 연기
와 안개로 가득 찬 것처럼 아련했는데
유리창을 통하여 들어오는 햇빛이 천
정과 벽을 비추어 하나하나 윤곽이 드
러나고 있었다. 가보지도 않은 영국 느
낌이 났다.

▲ 뮌헨의 행위예술가

그곳을 나와 마리엔 광장으로 가니 외발 자전거를 타고 거리공연을
하는 사람이 있었다. 독일어로 하는 것이라 내용이 이해가 안 되었지만
말을 굉장히 재미있게 하는지 구경하는 많은 사람들이 박수를 치고 휘
파람을 불었다. 거리공연으로 100유로는 거뜬히 벌었을 것 같았다. 요즘
미래에 대해 고민하는 내가 눈여겨볼 만한 직업이었다.

예정에 없었던 공연을 공짜로 보고 양파모양을 한 프라우엔 교회로
갔다. 프라우엔 교회의 외부는 인도풍이고 내부는 뭐라고 표현할 수 없
도록 어지러웠다. 왼쪽 샹들리에는 높게, 오른쪽은 낮게 되어 있어서 약
간 혼란스러웠다.

다음으로는 옆의 노천시장으로 갔다. 다음 일정이 영국정원이라 먹을
거리를 챙겨서 가야 했다. 영국정원에서는 시냇물 가까이에 자리를 잡
았는데 그때 헤엄치던 오리들이 나와서 우리를 둘러싸기에 바게트 빵을
손에 올려주니 맛있게 받아먹었다. 오리와 놀면서 알게 된 사실인데 오
리 사회에도 서열이 있다. 우리가 바게트 빵을 서열이 낮은 아이에게 주
면 서열이 높은 오리가 목을 빼고 꽥꽥 소리를 내며 내쫓고는 자기가 먹
었다.

정원에서 일광욕을 하는 사람들, 개천에서 파도타기를 하는 사람들, 아이들과 소풍 온 가족들 등 영국정원은 정말 평화로웠다. 나도 한국에 돌아가 가족들과 함께 공원에 강아지를 데리고 소풍을 하고 싶은 생각이 간절해졌다.

▲ 영국정원의 오리들

▲ 영국정원에서 파도타기 하는 청년

 **4월 13일** 뮌헨 ➡ 잘츠부르크(미라벨 정원, 모차르트 집, 모차르트 생가, 호엔잘츠부르크 요새)

6시 반에 일어난다고 했던 내가 바보였다. 눈을 뜨니 8시 반이다. 그래도 엄마의 화가 어느 정도 가라앉은 상태여서 처음으로 뮌헨에서 서로의 기분을 배려하며 함께 아침을 즐겼다. 호스텔의 아침 식사였지만 말이다.

잘츠부르크행 기차를 타러 갔다. 독일어를 사용하는 뮌헨이라 그런지 기차 전광판을 읽기가 조금 어려웠지만 정녕 이게 예약비 없이 탈 수 있는 기차인가 놀랐다. 독일기차가 좋다고는 들었지만 수수료를 내고 예약해야 하는 TGV보다 좋을 수는 없는 것 아닌가. 디카로 아빠께 보낼 영상편지를 찍고 편안한 마음으로 일기를 썼다. 다시 만난 오스트리아가 반갑다.

잘츠부르크는 여전히 내가 가이드 담당이다. 빈과는 달리 잘츠부르크의 중앙역 광장은 펑크족들이 많았다. 사실 난 잘츠부르크라 해서 역에 내리면 사운드 오브 뮤직에 나오는 '본 트랩' 가족이 노래를 불러줄 줄 알았다. 최소한 역의 모니터에서 '에델바이스' 음악이나 모차르트의 소나타라도 나와야 하는데 한마디로 꽝이었다. 설상가상으로 언니 캐리어의 바퀴가 빠져서 세 명이서 번갈아 들고 가야 했다. 허리가 부러지고 팔이 빠지는 줄 알았다.

우리는 잘츠부르크의 자랑인 미라벨 정원으로 갔다. 다들 귀찮아하면서 구시렁구시렁. 사진 찍기도 싫은 모양이었다.

"유라야, 넌 참 이상한 데서 사진을 찍는다." 라는 충격적인 소리를 들었다.

"여러분, 이곳은 영화 '사운드 오브 뮤직'의 '도레미송' 촬영지입니다." 라고 말을 하고 나니 언니와 엄마가 왜 진작 말하지 않았냐는 반응을 보이며 사진을 찍기 시작했다. 그 반응은 두고두고 기억할 테다.

미라벨 정원을 지나 모차르트가 7년간 거주한 모차르트의 집으로 갔다. 모차르트 필체의 악보, 그가 사용한 악기를 전시해놓은 곳이었다. 안내 오디오 가이드가 충전이 잘 안된 것들이 많아 여러 번 바꾸었다. 게트라이더 거리의 모차르트 생가는 모차르트 마니아가 아니라면 권하고 싶지 않은 곳이었다. 잘츠부르크는 모차르트가 전부였다.

다음으로 우리는 신을 위해 커다란 돌산을 파서 만들었다는 교회로 들어갔다. 교회의 내부가 아늑한 것이 하나님의 품처럼 느껴졌다. 겉은 위대하게 보이고, 속은 따뜻한 어머니 같은, 크지 않은 공간에서 느껴지는 따듯함은 구두쇠인 나를 헌금까지 하게 만들었다.

예상보다 해가 꽤 늦게 져서 잘츠부르크의 산꼭대기에 있는 요새에 올라가기로 했다. 잘츠감머구트의 만년설로 덮인 산이 에비앙이 선전하는 산과 같이 나란히 있었다. 요새는 입장시간이 지나 입장료를 내지 않고 들어갈 수 있었는데 조금씩 해가 지고 있었다. 엄마의 겁쟁이 호들갑이 시작됐고 엎친 데 덮친 격으로 우리는 들어갔던 입구와는 다른 출구로 나와 버렸다.

사방이 어두워지고 있었다. 눈앞에 보이는 강물도 나를 잡아먹을 만큼 무서웠다. 이상한 다리를 건너 사람들에게 길을 묻고 뜀박질하다가 길이 헷갈리면 또 근처의 큰 호텔에 들어가서 체면 불고하고 길을 물었다. 길거리에는 사람들도 별로 없었다. 낯선 곳에서 길을 잃으면, 사람들이 많아도 겁이 나고 인적이 드물어도 무섭다. 사실 난 많이 무섭지는 않았는데 엄마가 자꾸 겁을 줬다. 나의 여행은 뛰는 것으로 시작해서 뛰는 것으로 끝나려나 보다. 3명의 동양인 여자들이 캄캄한 밤에 1시간 30분 동안 뜀박질해서 다행히 숙소를 찾았다.

생각해보니 오늘 지출한 돈이 입장료를 제외하고 3유로밖에 되지 않았다. 맥도날드에서 1유로짜리 치즈버거를 하나씩 먹은 것. 결국 너무 목이 말라서 숙소에서 물값으로 1유로 더 지출해서 물만 먹고 잤다. 이렇게 살았는데도 살이 안 빠지면 불공평한 거야!

 4월 14일 미라벨 정원 → 사운드 오브 뮤직 투어

어제 하루 만에 잘츠부르크를 정복한 우리는 여유롭게 빵과 과일을 싸서 미라벨 정원에 소풍을 갔다. 잔디에서 즐기는 한가로움은 너무나 달콤했다. "나, 화장실!"을 외친 언니는 한 시간 동안 돌아오지 않았고, 그동안 나는 체해서 일명 스위스 칼인 맥가이버 칼로 엄지손가락 끝을 쨌다. 검붉은 피가 많이 나오도록 손가락을 주물렀다.

어제만 해도 열었던 중앙역의 대형마켓이 토요일이라고 열지 않았고, 다시 집으로 가니 집 앞의 구멍가게의 문까지 닫혀있었다. 그래서 20분 거리의 맥도날드에 가서 어제처럼 1유로짜리 햄버거 하나로 저녁 식사를 대신했다. 다시 어제와 마찬가지로 헤매서 잘츠부르크 마을을 정복

● 미라벨 정원

하고 숙소에 도착했다.

"엄마, 언니! 다들 자?"

모두 자고 있었다. 며칠 전부터 이유를 모르겠는데 잠이 오지 않는다. 몇 달 전만 해도 남들과 같은 생활을 했는데 요즘은 세상을 떠돌아다니는 나그네 같다. 친구들과 경쟁을 하며 공부를 하고, 시험 끝나면 에버랜드로 놀러 갔던 때가 떠올랐다. 정말 조금만큼의 아쉬움도 남기지 않고 왔다고 생각했는데 보고 싶은 친구들이 정말 많다. 다시 한국 생활로 돌아가면 지금이 그리워지리란 걸 알면서도…….

 4월 15일 잘츠부르크 ➜ 뮌헨(알테피나코텍, 노이에피나코텍, 벤츠쇼룸)

어제의 희한했던 불면증은 아침에 언니가 아무리 깨워도 일어나지 못하는 불상사를 초래했다. 아침 7시 53분 뮌헨 행을 타야 했다. 7시 20분에 눈을 떠서 세수도 못하고 허겁지겁 40분에 나왔다.

그래도 기차는 제 시간에 뮌헨에 도착했다. 뮌헨에서 단골 호스텔로 가게 되었는데 그곳 특유의 뒤죽박죽 시스템으로 인해 우리는 6인실의 가격으로 4인실에 숙박할 수 있었다. 그것도 우리 전용 방으로!

알테 피나코텍과 노이에 피나코텍은 미술관인데 관람이 쉽도록 깔끔하게 전시되어 있었다. 두 곳을 다니면서 내가 선정한 베스트 아티스트는 '이곤 쉴레'다. 구스타브 클림트보다 30살이나 나이가 어렸지만 서로 절친한 친구였다고 한다. 그의 작품 '고통(Agony)'을 보는 것은 고통스럽고 괴로웠다. 작품 '고통'은 인간의 '고통'을 확실하게 알려 주었다. 나는 그림 앞에서 아빠다리를 한 채 미술관이 끝날 때까지 앉아 있었다. 그는 28세에 생을 마감했으나 그의 그림은 나의 마음속에 영원히 남으

리라!

미술관에서 나와서는 벤츠 쇼룸에 갔다. 저녁 6시가 다 되어서 그랬는지 사람들이 별로 없었다. 수억 원을 호가하던 차를 탈 수 있는 기회였다. 평생 탈 수 있을까 말까 한 차를 맘 내키는 대로 다 타 봤다. 꿈에서 벤츠가 나오는 것은 저를 두 번 죽이는 일이에요!

 4월 16일 뮌헨 → 퓌센(자전거 타고 구경)

지금 몇 시? 9시! 그렇다. 기차를 놓친 것이다. 이젠 기차를 놓쳤다고 말하는 것도 지겹다.

"얼른 나가요, 엄마."

"(립스틱 바르면서) 난 너희들 기다리고 있는 거야."

말로는 우리를 기다린다고 하지만 사실은 준비를 다 못해서 핑계를 댄다.

11시 51분 열차는 퓌센에 가까워지고 있었다. 집 한 채가 넓은 초록색 들판 위에 자리 잡고 있고, 언덕의 선을 따라가다 보면 어느새 유채꽃 들판이 펼쳐져 있다. 퓌센이 나를 유혹하고 있다.

'꼭 한번 만나고 싶다'를 찍는 듯이 밖으로 나오니 INFO센터가 문이 닫혀 있었다. 다행히 공중전화를 해서 근처의 다른 관광안내소를 찾았고, 좋은 숙소까지 알아봐 주었다. 그런데 바보 같은 짓이었다. 나중에 알고 보니 퓌센은 워낙 숙박시설이 잘 되어 있었다. 숙박시설을 광고하는 안내판이 관광객들이 많이 다닐 것 같은 곳에 군데군데 있는데 안내판에 숙소로 무료연결이 되는 전화기가 있었다. 숙소 사진에다가 숙박요금까지 미리 알려주니 편리했다. 엄마는 아빠와 이곳으로 여행을 오고 싶다고 말씀하셨다. 아마도 언니가 여행을 보내주겠지.

숙소는 베란다에서 앞산의 만년설이 보이고 조식까지 포함이었다.

자전거를 빌렸다. 24시간에 8유로. 자전거는 거의 새것이다. 4시 반이라서 성을 관람하는 것은 포기했지만 슈퍼마켓에서 맛있는 먹을거리를 사서 가까운 노이슈반슈타인 극장으로 소풍을 갔다.

극장 앞에는 호수가 있었다. 엄밀히 따지자면 '호'이다. 물이 없었다. 성 앞도 돌아다녀 보고 자전거가 갈 수 있는 길이면 무조건 달렸다. 서서히 해가 질 기미가 보였다. 얼마나 페달을 밟았는지 체인도 빠지고, 혼자서 여러 번 넘어지기는 했지만 그래도 꿋꿋이 숙소로 돌아왔다. 샐러드와 빵. 이 정도면 충분한 것이죠? 한국에서부터 기대했던 자전거로 하는 여행을 마침내 했다는 것에 뿌듯했다.

내일도 퓌센에서 자전거 여행이다!

 4월 17일 퓌센(노이에슈반스테인 성) ➡ 스위스의 루체른

▼ 노이슈반슈타인 성

어떻게 나의 인생은 동화 같지가 않은가? 새벽 2시부터 시작이었다. 아침 8시에도 눈뜨기 힘든 내가 새벽 2시에 잠에서 깼다. 오랜만에 허벅지 근육을 무리하게 사용해서 그런지 다리가 정말 아팠다. 너무 아파서 찬물 찜질을 하려고 한밤중에 샤워를 했다. 오늘 스케줄을 다 취소하고 스위스 일정도 줄여야겠다고 생각했다.

약통에서 꺼낸 파스 두 개로 고통을 달랬다. 허벅지의 아픔에 집중하지 않기 위해 손등도 꼬집어 보았다. (사실 어제부터 아무도 몰래 다이어트를 시작해 밥도 지극히 적당량만 먹었는데 오늘 일 때문에 다이어트 중단한다.) '잠드는 것도 참 힘들다.' 생각하면서 젖은 수건을 다리에 대고 침대에 누웠다.

아침에 일어나니 다리 통증은 줄어 있었다. 샤워와 젖은 수건 그리고 파스의 효과였나 보다.

간단하게 아메리칸 아침식사를 하고 호엔슈방가우 성과 노이에슈반스테인 성을 향해 자전거를 페달을 밟았다. 최대한 조심스럽게 다리 근육을 사용하지 않으려고 노력했다. 시간이 촉박해서 개인적으로 더 좋아하는 노이슈반슈타인 성(일명 백조의 성)을 선택하기로 했다. 자전거는 매표소 옆에 묶어두고 걸어서 올라갔다. 노이에슈반스타인 성은 보존이 굉장히 잘된 상태였다. 산 위에 성을 짓는다는 것조차 힘든데도 말이다.

엄마께서는 성보다 성의 뒷이야기에 관심이 더 많으셨다.

곧 왕이 될 순수하고 맑은 영혼의 소유자인 루트비히 2세, 그런 루트비히를 미쳤다고 말하던 귀족들, 그리고 아직도 밝혀지지 않은 그의 사망 원인. 엄마께서는 영화로 만들어야 한다고 목청이 터져라 말씀하셨다.

이 성이야말로 어릴 적 꿈꾸던 '아름다운 성'이었다. 그런데 정말 한 고집하는 내 욕심이 시간이 모자라서 볼 수 없는 호엔슈방가우 성의 입장표가 갖고 싶어진 것이다. 혼자 먼저 내려가서 표를 얻기로 했다. 그런데 처음에 엄마와 있을 때는 아무 말 안 하더니 혼자인 나를 보고 표 판매원은 학생증을 보여 달라고 하는 것이었다. (학생은 무료입장이기 때문이다.)

그분 : Student card, please.

나 : Don't I look like a student?

아무리 생각해도 어휘력 하나는 끝내줬다. 그렇게 가지도 않을 곳의 입장표를 받고, 20분 동안 전속력으로 자전거를 타고 숙소에 가서 짐 챙기고, 그리고 역까지 다시 가서 자전거를 반납한 다음에 기차를 타야 했다. 엄마는 기차표를 사고, 언니는 공중전화로 루체른에서 머물 숙소를 예약하고, 스피디한 나는 마켓에서 먹을 것을 사야 하는 의무가 부여되었다. 놓쳤을 줄 알았지? 그럼 이야기가 안 되지. 2분 전에 타서 여유 있게 일기를 쓰고 있다. Mission success!

스위스로 가는 7시간 동안 기차를 몇 번씩이나 갈아타면서 생겼던 일이다.

2등석은 꽉 찼는데 1등석에는 우리를 제외하고는 아무도 앉아 있지 않았다. 그런데 한 백인 아주머니가 자꾸 기분 나쁘다는 듯이 우리 쪽을 쳐다보는 것이었다. 처음에는 왜 그러실까 했는데 나중에 생각해보니 검은 머리 동양인 3명이서 여행하는 것 같은데 1등석에 앉아있다는 것이 불쾌한 모양이었다. 사실 우리 모두가 이야기하고 보니 유럽에서 사소하게 인종차별 당한 적이 많이 있었다. 그때 엄마가 말씀하셨다

"너희들이 그러니까 큰 인물이 되어야 되는 거야"

그렇다. 나는 그래서 큰 인물이 되어야 하는 것이다.

6. 스위스

 **4월 18일** 루체른(빈사의 사자상) → 라우터브룬넨

아침에 일어나니 창밖으로 리기 산의 만년설이 보였다. 스위스구나!

물가 비싼 스위스의 27유로 한인민박의 아침은 메뉴가 무엇일까요? 빵과 햄, 잼으로 소박했다. 숙소에서 감기에 걸린 한 여행객에게 감기약을 주고 된장, 고추장, 기타 인스턴트식품들을 받았다.

루체른은 도시라서 그런지 빈사의 사자상, 교회 등이 있었고 기대했던 알프스의 스위스는 아니었다. 하지만 도시를 먼저 보고 알프스가 있는 시골로 가는 것도 괜찮다. 스위스는 작은 나라이지만 선진국이기 때문이다.

▲ 빈사의 사자상

스위스의 로맨틱 가도를 따라서 라우터브룬넨에 도착했다. 이번 숙소는 이미 한국 배낭여행객들에게 널리 알려져서 그런지 리셉션 desk에는 이미 다녀간 한국인들이 선물한 기념품들이 많이 있었다. 교통이 불

편하긴 했지만 머물기에는 편안한 곳이었다. 밤새 추웠다는 것만 제외
하면.

 **4월 19일** 트뤼멜바흐폭포

　숙박객들을 위한 부엌이 있어서 인스턴트 미역국과 밥으로 아침 식사
를 하고 가이드인 언니를 따라서 트뤼멜바흐폭포로 갔다. 감기기운이
있어서 그런지 평소보다 숨 쉬는 게 힘들었다. 폭포동굴 역시 춥기만 했
다. 그런 나를 본 엄마가 일정을 취소하고 숙소에서 쉬자고 했다.
　뜨거운 물에 목욕하고 감기약을 먹은 뒤 잠자고 일어나니 저녁 7시였
다. 아빠가 전화를 했다고 말해주었다. 약 5일 동안 아빠께 메일도 전화
도 드리지 못하니 걱정이 되셨는지 엄마가 오늘 메일 보낸 지 1시간 만
에 전화가 왔다고 한다. 얼마나 걱정이 되셨는지 일주일 전만 해도 괜찮
다던 아빠가 그냥 돌아오면 안 되냐고 하셨다. 나 역시 한국이 그리워
서 참기가 힘든데, 아빠는 혼자서 얼마나 힘드실까.
　아빠, 저도 아빠 보고 싶어요!

 **4월 20일** 쉴트호른

　7시 40분부터 시끌벅적하기 시작하더니 나를 깨우게 한 말은 엄마의
"8시까지 준비 못하면 10유로 벌금"이었다. 그래서 우리 가족은 8시까지
준비하고 기차를 타기 위해 역에 딱 19분에 도착했다. 그런데 이런, 20
분에 출발하는 기차는 애초에 없었다는 것이다. 30분씩이나 더 기다려
서 다음 교통수단인 유람선은 탈 수 있을지조차 모르는 상황이었다. 우

▲ 쉴트호른 만년설

▲ 쉴트호른 스카이 라운지

▼ 알프스산을 내려 오는 길

알프스산에 사는 양

리 중 한 명이라도 앞으로 올 험난한 하루를 눈치챘어야 했다.

50분에 기차를 가까스로 타고 몽트뢰에서 내려 막 뛰어서 유람선을 타러 갔으나 이제는 또 유람선이 운행을 하지 않는다는 말씀이다. 그렇게 어쩔 수 없이 다시 라우터브룬넨으로 돌아가야 했다.

하지만 언니도 민망하긴 했을 것이다. 어제 저녁 내내 알아보고, 게다가 엄마와 내가 가이드일 때는 워낙 구박을 많이 했으니까.

곤돌라도 타고, 버스도 타고 쉴트호른의 정상에 오르게 되었다. 매일 걸어 다니는 것에 익숙했던 나는 이 먼 거리를 단지 30분 만에 편리한 현대적인 교통수단으로 올라왔다는 게 기분이 묘했다. 햇빛 덕분에 생각보다 따뜻해서 좋았지만, 눈 때문에 눈이 너무 부셨다.

쉴트호른에 올라와서는 할 것이 없었다. 대부분의 사람들이 스키를 탔지만 우리는 장비가 없었다. 그래서 스카이라운지로 갔다. 이제까지 꼬깃꼬깃 아껴 모은 돈으로 아이스크림과 커피, 스파게티를 주문하여 느긋하게 즐기며 사람들이 다 나갈 때까지 두 시간씩이나 죽치고 있었다. 그래도 알프스를 제대로 보긴 했으니 성공했다.

쉴트호른에서 보는 다른 봉우리들은 석기시대의 뗀석기처럼 뾰족뾰족한 것이 구름을 찌를 것 같았다. 알프스산맥의 눈들 사이사이로 간간이 보이는 바위를 자세히 보면 지층형태로 구성되어 있었다. 알고 보니 알프스지대가 아주 옛날에는 바다였다고 한다.

스카이라운지에서 나와 알프스 눈을 만져보면서 한국에서만 살기에는 인생이 너무 길고 세상 역시 너무 넓었다. 빈에서 오페라를 본 지 얼마나 지났다고 알프스 산의 눈을 만져보다니…….

언니와 엄마 역시 나와 마음이 통했는지 만장일치로 걸어서 쉴트호른을 내려가기로 했다.

알프스 산자락을 3시간 동안 걸어서 내려온 날이다.

**4월 21일** 제네바(UN본부, 국제적십자 박물관) → 마드리드
(에스파냐)

6시 20분 기상. 기네스북 기록감이다. 1개월 반 여행기간 중에 제일 일찍 일어난 날이다. 세수고 뭐고 할 것 없이 무조건 역으로 나갔다. 6시 55분 기차를 여유롭게 타고 다음 역으로 갔다. 순조로운 출발은 다행이었다.

다음 역에서 몽트뢰로 갈 차를 타기 위해 내려야 했다. 우리가 내리는 기차에는 한국인 아줌마, 아저씨 단체 관광객들이 쉴트호른으로 가는 기차를 타려고 대기하고 있었다. 우리나라 아줌마, 아저씨들은 외국여행지에서는 가이드의 말이면 마치 강시처럼 아무것도 눈에 보이지도 않는 듯이 무표정한 얼굴로 시키는 대로 하는 것 같다. 그리고 무조건 자신 것부터 챙긴다는 것.

엄마와 내가 비켜달라고 말하면서 사람들을 밀치고 내렸는데, 언니는 타는 사람들에게 순서를 양보하고 이해하는 척 내리지 못했다. 다음 기차를 갈아타는 데 주어진 시간은 5분, 일단 다시 기차에 올라타서 강시들에게 비키라고 소리를 지르고 밀치면서 언니를 데리고 나왔다.

결국에 7시 20분, 난생처음으로 기차를 타기 0.001초 전에 눈앞에서 놓치는 수난을 겪었다. 결국 몽트뢰 일정은 펑크가 났다. 관광가이드가 문제인지 아니면 관광객들이 문제인지 어쨌든 외국여행을 하는 한국인 관광객들은 자기밖에 모르는 강시 떼였다.

제네바행 기차를 타게 되었다.

스위스는 우리나라보다 훨씬 면적이 좁은 나라지만 자랑할 만한 관광 상품들이 많다. UN본부는 물론이고 국제적십자 박물관도 있다. 사실 두 곳 다 내 관심분야는 아니었지만 간다는 것 자체만으로도 기분 좋은 일이기 때문에 두 곳을 머리에 저장해 두고 공항으로 갔다.

에스파냐 도착. 마드리드 공항, 대책 없이 너무 크다. 요즘 에스파냐가 추세인지 웬만한 호스텔은 거의 다 찼다.

공항에서 숙소 예약 때문에 인터넷 하러, 또 메트로를 찾으러 가는 길이 너무 멀었다. 게다가 내가 들겠다고 한 언니 가방은 바퀴가 자꾸 말썽이고, 사실 어제부터 바퀴를 고친다고 많이 힘을 들이기는 했다. 바퀴를 고치고 일어났는데, 엄마와 언니가 사라졌다. '헤어진 지점에서 기다려야 하는가? 아니면 메트로 앞에서 기다려야 하는가?' 고민하다가 민박집으로 가야 하기 때문에 혼자서 메트로를 찾아갔다.

모든 에스파냐 사람들이 친절했지만, 대부분이 에스파냐어밖에 하지 못했다. 그러나 아는 단어 'metro' 한 마디면 통했다. 메트로 앞에서 나는 돈도 없고 민박집 전화번호도 없었다. 가지고 있던 작은 포스트잇에 '엄마, 저 기다리다가 처음 헤어진 에스컬레이터로 가요.' 라고 쓰고 메트로 앞에 있는 기둥에 붙였다.

돌아서서 처음 헤어진 자리로 가려고 하는 순간 안내소에서 실종 신고하고 순찰차를 타는 엄마를 만났다. 엄마는 내가 없어진 30분 동안 에스파냐에 온 것을 정말 후회했다고 하셨다. 공항경찰마저 영어 한 마디도 못하는 이곳에서 헐벗으며 앵벌이를 하는 나를 상상했다고 한다. 그런데 너무 태연한 내 얼굴에 서운해 했다.

사실 나도 생각해보면 국제미아가 될 상황에 놓였는데 태연하게 메트로 역에서 글을 쓰고 있었다는 것이 이상하긴 했다. 그렇지만 겁이 나지는 않았다.

실종 삼십 분만의 상봉!

한국으로 돌아오라고 하는 아빠께 당분간 말씀드려서는 안 될 비밀이 되었다.

7. 스페인

스페인

 **4월 22일** 프라도 박물관

에스파냐에서 죽도록 일만 하면서 밥도 못 얻어먹는 악몽을 꾸었다.
언니도 조폭들에게 쫓기는 꿈을 꿨다. 어제의 실종사건의 여파였다. 설
상가상으로 샴푸와 린스가 보이지 않았다. 스위스에서 마지막으로 샴
푸 봉투를 만진 사람이 책임을 져야 했다.

"마지막으로 만졌으면 책임지고 챙겨야 하는데 없어졌으니 유라 잘못
이네, 그렇지?"

결국 내 잘못이 되었다. 억울했다. 잘 챙긴 것 같은데 어디로 갔는지
모르겠다.

숙소를 나와서 문득 오늘 묵을 호스텔을 먼저 연락을 해야겠다는 생
각이 들어서 말을 꺼냈다 "우리 호스텔 연락해야 되잖아." 그런데 다들
바빠 보여서 조금 이따 다시 말해야겠다고 생각하고 담아 두었다.

바쁜 것은 다름 아닌 길을 헤매는 것이었다. 지금 생각해보면 에스파
냐 담당 언니도 참 힘들었을 거라는 생각이 든다. 현지인과 워낙 말이
안 통해서 관광객한테 길을 물어보는 것이 더 편할 수도 있으니.

결국 첫 번째 일정이었던 벼룩시장은 건너뛰고, 프라도 미술관으로
갔다. 프라도 미술관은 어마어마하게 줄이 서 있었다. 편리한 관람을 위

해 미술관을 입장하는 관람객 수를 매 시간마다 제한하기 때문에 그렇다. 에스파냐 일정을 몰라서 공부를 미리 하지 않고 오니까 미술관에서 내내 흥미롭지 않았다. 5시가 되어서 엄마와 이야기를 하게 되었다.

나 : 엄마, 숙소가 벌써 찼으면 어떡해요?

엄마 : 그러게…… 딴 데 가야지.

나 : 내가 아침에 숙소를 먼저 확인하자고 말했었는데. 그것도 두 번 씩이나.

엄마 : 알아, 들었어. @#$%^&*

들으셨구나. 그 이후로 나 역시 삐쳐서 더 이상 말을 하지 않았다.

그래도 숙소는 호스텔로 잡을 수 있었다. 싼 숙박비치고는 조리시설도 있고 괜찮았다. 약국에 가서 소화제와 밴드를 사고 마켓에 가서 빵과 과일 등 여러 가지 식품들을 샀다. 언니는 공책도 2권이나 샀다. 3인실이라서 더욱 좋았다. 화장실이 공동화장실이긴 했지만 말이다.

오늘밤에는 악몽 꾸지 않겠지?

 **4월 23일** 소피아 미술관

19유로에 아침 제공, 컴퓨터 무료까지 인터넷에서 추천받은 곳이다.

아침은 음료수와 크루아상이다. 정중하게 시리얼도 달라고 하면 준다. 고급스러운 엄마의 입맛 때문에 아침을 먹고 나와서 다시 레스토랑에 들르게 되었다. 그냥 동네식당 정도였다. 그런데도 참 대견한 것은 웨이터가 영어를 했다.

지하철을 탔다. 엉성해도 지하철역이 프랑스같이 더럽지는 않았다. 프랑스의 지하철은 하수구 냄새와 화장실의 오줌냄새가 섞여 있어서 지독하다.

소피아 미술관에 도착했다. 봄이라서 그런지 한 학교 학생 전체가 미술관으로 견학을 온 것 같았다. 시끄러웠다. 그림과 화가들에게 내가 미안했다. 한국에도 물론 그런 부류의 학생들이 있지만, 나중에라도 그들이 세계적으로 유명한 훌륭한 그림 앞에서 수다를 떨며 실례했다는 것을 알기는 알까?

그래도 소피아 미술관을 얼른 나와서 내일 갈 근교도시 톨레도행 기차를 예약했다. 그리고 저녁 식사를 위해 관광책자에서 소개한 음식점으로 갔다. 음식점 옆 테이블에서는 부부싸움을 하고 있었다. 도대체 스페인어도 모르는 내가 부부싸움이라고 짐작할 수 있었던 이유는 식탁 위의 살벌함 때문이다.

에스파냐의 전통음식인 빠에야의 맛은 굉장히 좋았다.

역시 에스파냐였다. 물가가 쌌다. 동유럽국가보다 더 쌌다. 에스파냐에서 머무를 15일. 이제까지 빠졌던 살을 보충할 수 있을 거야.

 4월 24일 마드리드(티보 미술관) → 코르도바

철들었나 봐. 스스로 일어났어요!

그런데 9시 20분? 그렇다. 전부 늦잠을 잔 것이다. 수시로 늦잠을 자기 때문에 이제는 놀랄 일도 아니지만 얼른 일정을 시작해야 했다. 일단 스페인에 있는 시티은행을 찾아야 했다. 엄마가 시티은행의 현금카드를 가지고 있어서 수수료 없이 돈을 뽑을 수 있기 때문이었다.

문을 연 다른 은행 두 곳에 들어가서 "Where is the nearest citibank?" 영어를 써 봤다. 지나가는 행인에게 위치를 묻고 또 조금 가다가 세련된 젊은 아주머니에게 물었다. 가도 가도 은행이 나타나지 않아 이번에는 양복을 입은 젊은 남자에게 위치를 물었다. 가다가 백화점

경비원을 붙잡고 하소연도 했다. 돈을 아끼는 것은 정말 힘들다. 아껴써야 한다.

티센 보르네미서 미술관으로 향했다. 나에게 주어진 미술관 관람 시간은 1시간 25분이었다. 내가 가본 한국의 미술관은 방이 아담하게 2개 정도밖에 없으니 상관이 없지만 티보 미술관은 3층은 거뜬히 되는데다가 그림 역시 방마다 빽빽하게 자리 잡고 있는데 어떻게 내가 1시간 만에 감상을 할 수 있다는 말인가. 엄마는 아예 미술관을 포기하고 톨레도의 숙소를 예약하고 오겠다고 하셨다. 그래서 언니와 나만 미술관에 들어갔다.

미술관은 정말 넓었다. 좋아하는 그림의 종류는 다르지만 언니와 같이 움직였다. 장시간 있지 못할 것이기 때문에 오디오 가이드를 하나만 빌렸다. 미술을 관람하는 중에 바닥에 입장표가 하나 떨어져 있었다. 처음엔 내 것인 줄 알았지만 금세 언니와 나는 눈이 마주쳤고 눈을 크게 떴다. 언니가 망을 보는 동안 나는 번개처럼 표를 주웠다. 5분일지라도 엄마께 티센보르넨미자 미술관을 보여 드리고 싶었다. 약간은 엉성한 입장시스템 덕분에 재입장이 되어서 모든 게 가능할 것 같았다.

아무도 모르게 표를 두 장씩이나 가지고 언니와 나는 계속 그림을 보았지만 우리에게는 너무도 큰 차이점이 있었다. 언니는 르네상스시대의 미술을 추구하고 나는 그보다는 근현대미술을 좋아한다는 것이다. 결국 나는 현대미술이 있는 쪽으로 갔다. 역시 나의 생각을 표현해주는 현대미술이 최고야! 현대미술을 보고 있는데 입구 쪽에 엄마가 보였다. 반가운 마음에 엄마께 가니 숙소 잡는 것이 잘 안 되어서 다른 일정을 잡았다고 했다. 원래의 일정인 톨레도보다는 더 가까운 코르도바로 간단다. 새로운 곳에 밤에 도착하는 것보다는 일정을 바꾸더라도 해가 있을 때 도착할 수 있는 가까운 곳으로 가는 것이 숙소를 찾기가 더 쉬울 것 같단다.

"엄마, 수고하셨어요."

엄마의 손에 표를 쥐어드리고, 언니와 만나 '티보'의 자랑인 고흐 그림을 보고 역으로 갔다.

마드리드 역은 독특한 곳이다. 역사 내부에 열대식물이 자라고 있는 기차역은 처음이다. 또한 30분간 기차를 타는 것임에도 불구하고 비행기라도 되는지 가방검사를 했다. 가방검사를 할 만하다. 기차는 비행기처럼 깨끗하고 개인 이어폰까지 주었다. 엄마는 화장실에서 따뜻한 물이 나온다고 칭찬했다. 발 씻기가 편하셨던 모양이다. 30분은 금방 지났다. 내리기 싫었지만 해가 거의 지고 있었다.

코르도바 역에서 내려 언니와 나는 공중전화용 동전을 바꾸러 가게로 갔고, 엄마는 여행책자를 보며 빈방이 있는지 호스텔마다 전화하기 시작했다. 엄청 많이 바꿔온 동전이 모자라서 또 바꿔 왔다. 8번째 통화에 다행히 숙소 한 곳을 잡을 수 있었다.

캄캄한 밤에 한 번도 가보지 않은 숙소를 가기 위해서 내 키만큼 큰 가방을 들고 시내버스를 탔다. 버스기사에게 물어서 내렸는데 전화로 예약한 숙소는 찾을 수 없었다. 불빛이 환하게 빛나는 곳으로 가니 인도까지 탁자를 내 놓고 영업하는 레스토랑이었다. 많은 손님들이 음식을 먹으면서 웃으며 이야기하고 있었다. 행복해 보였다. 밤이 늦고 짐도 무거우니 언니와 나는 여기서 기다리고 있으라고 하며 엄마는 어둠 속으로 사라졌다.

저녁을 굶어 허기진 데다 하루 종일 걸어 다녀서 다리는 부러질 것 같은데 하늘에는 달만 보였다. 언니와 나는 아무 말도 안하고 서로 얼굴만 바라보면서 길거리에 서 있었다. 한참 후에야 돌아오신 엄마. 기대도 안 하고 갔는데 숙박료가 한 명당 15유로인데다가 낡아 보였지만 시설은 쓸 만했다. 다행히 마드리드에서부터 엄마를 따라다닌 침대 해충은 없는 것 같았다. 과일과 빵으로 대충 끼니를 때웠다.

4월 25일

　어제 잡은 싸고 괜찮은 숙소를 여행 내내 들고 다니고 싶을 정도였다. 그런데 정저지와(井底之蛙). 코르도바의 호스텔은 전부 다 호텔급이었다. 심지어 한 호텔은 어제 머문 숙소보다 5유로나 싸면서 콘도형이었다. 정말 옮기고 싶었다. 이미 오늘도 예약한 상태였지만 '에라, 모르겠다.' 하고 어제 묵은 호스텔에서 욕을 조금 먹고, 3유로의 위약금을 지불한 후 호텔로 옮겼다.

　출출해서 동네 주민들이 모여 있는 식당을 찾았다. 손님이 많은 식당은 음식 맛이 보증이 되기 때문이라서 잘 모르는 곳에 가면 일부러 손님이 많은 곳을 선택한다. 에스파냐에서 있어본 결과, 동네식당은 의사소통 때문에 먹을 곳이 못되었다. 마켓에서 감자와 쌀과 과일을 사서 숙소로 돌아왔다. 아무리 보아도 룸은 사랑스러웠다. 침대가 너무 편했다. 감히 엄마께 "엄마, 저 20분만 쉬면 안 돼요?" 하고 누웠다. 침대시트가 내 몸을 쏙쏙 감아버려서 잠에 빠졌다.

▼ 코르도바 메스키타의 내부

▼ 코르도바

2시간 후, 밖으로 나왔다. 아직 해도 지지 않았다. 코르도바는 아름다웠다. 길바닥에는 조약돌들이 깔려 있었고, 골목길의 담은 이슬람 문양의 타일로 붙여져 있고 길을 걷다 보면 살짝 보이는 가정집의 현관바닥도 타일로 장식되어 있었다. 큰 집들은 멋진 나무들과 예쁜 꽃들로 가득 찬 파티오(정원)도 있었다. 우리는 예쁜 숙박업소가 보이면 무조건 들어가서 구경했다. 실내 인테리어도 보고 사람들도 만나 이야기하면서 정보도 알아보고 일석이조였다.

에스파냐는 스페인이라고도 불리며 이슬람과 기독교의 문화가 조화롭게 섞인 곳이다. 그래서 코르도바는 안달루시아 지방이라고도 한다. 내일 우리 가족이 가보게 될 메스키타 역시 이슬람사원을 교회로 만든 곳이다. 종교 관계자라면 마음이 아프겠지만 나는 무척 흥미로웠다. 우리가 머무르는 구시가지에서 조금만 걸어가면 신시가지(도시)가 나온다. 구시가지와 신시가지를 나누는 선에 서서 양쪽을 바라보면 해와 달을 보는 것과 같은 느낌이 들었다. 이슬람문화가 살아있는 아름다운 옛 도시와 세계 어느 곳에서든지 볼 수 있는 흔한 모습의 신도시였다.

엄마는 내 신발을 사러 신시가지에 나오셨단다. 몇 년째 신어서 밑창까지 떨어진 운동화가 안쓰러우셨나 보다. 시에스타(에스파냐에는 가게의 영업시간 중에서 하루 중에서 가장 뜨거운 한낮에 4시간 정도는 가게 문을 닫고 쉰다.) 때문에 사지는 못했다. '엄마, 정말 사랑해요.'

 **4월 26일** 미술관, 메스키타

"유라야, 일어나."
편한 매트리스가 신체의 일부가 된 듯이 떨어지지를 않았다. 내 몸은 매트리스에게 껌 딱지마냥 붙어 있었다. 엄마와 언니가 20분 후에 들어

오겠다며 나갔다. 눈만 감았다 떴을 뿐인데 어느새 20분이 지났다. 할 수 없이 일어나 밥을 먹으러 갔다. 현지인들이 먹는 것처럼 구운 바게트와 이상한 훈제고기와 음료수를 먹었다. 이상한 훈제고기는 말린 돼지 다리 부분으로 하몽이라고 하는데 에스파냐의 대표음식 중 하나이다. 맛은 보통이다. 구운 바게트는 따끈따끈해서 맛있었지만 그 위에 얹은 올리브유는 주방장님께 한 말씀 드리고 싶었다. "올리브유 오용하지 맙시다!"

다음에 우리가 간 곳은 동네의 작은 미술관이다. 크지는 않았지만 병원을 리모델링하여 만든 곳이었다. 이슬람의 영향이었는지 전시장 감독이 나의 슬리퍼를 불경스럽다는 듯 바라보았다. 미술관도 멋있었지만 미술관의 정원 역시 이슬람의 풍인 것이 나에게는 동양적이지도 서양적이지도 않게 느껴졌다. 정원의 오렌지나무에는 오렌지가 흐드러지게 달려 있었다. 정원 바닥은 자갈로 여러 가지 모양을 디자인해 놓았는데 현대 미술이 따로 없었다.

다시 운동화를 사러 갔다. 모든 운동화가 마음에 들었다. 왜냐하면 구린내 나고 너덜너덜한 신발을 몇 달 동안 집 삼아 다닌 내 발에게는 모든 것이 감지덕지였다. 새로 산 신발이 아까워 차마 신지도 못하고 침대에 올려놓은 채 메스키타로 가기로 했다.

메스키타에는 가까운 도시 세비아의 축제 때문인지 사람으로 가득 차 있었다. 그런데도 다른 유적지들과는 다르게 인원수 통제를 하지 않았다. 조금씩 파손되어가고 있는 메스키타를 보며 엄마께서는 "저 사람들은 문화재를 만지는 것으로 쾌감을 느껴야 하는 걸까? 나는 숨을 쉴 때 나오는 이산화탄소까지 누가 될까 봐 조심스러운데." 라고 했다. 심지어 문화재를 보호해야 하는 청소부까지도 보란 듯이 만지며 지나갔다. 얼마나 훼손되고 난 후에야 문화재의 가치를 알 수 있을까?

집에 돌아가니 운동화가 나를 반기고 있었다. 그런데 이게 무슨 일인가? 운동화가 나에게 맞지 않았다. 결국 다시 신발가게로 갔다가 숙소로 돌아왔다. 언니의 새 운동화와 함께. 결국 나에게 맞는 운동화가 없어서 언니가 운동화를 얻게 된 것이다.

'좋겠다, 우리 언니는.'

▲ 코르도바 미술관 정원 바닥

 **4월 27일**

내가 이럴 줄 알았다. 어제 메스키타에 다녀온 후 너무 추워서 그만 감기에 걸려버렸다. 언니와 엄마가 나가서 코르도바서 뛰어 노는 동안 나는 아침 샤워 후에 침대랑 떨어지지 않고 붙어 지냈다. 낮에 감기약을 먹고 잠을 자면 밤에 잠이 안 올까 봐 감기약까지 먹지 않은 상태로 '벌건 대낮'을 침대에 달라붙어 꼬박 새우고, 밤이 되어서야 죽과 감기약과 함께 잘 수 있었다.

 4월 28일 코르도바 → 세비아 → 그라나다

감기약 때문인지 감기 때문인지 아침에 일어나는 게 너무 괴로웠다. 입술이 바짝바짝 마르고 일도 안 했는데 허기가 졌다. 죽만 먹고 다시 잤다. 자는 게 말이 자는 거지, 귀로는 모든 것이 다 들렸다. 언니와 엄마가 짐을 싸는 모양이었다. 엄마가 언니에게 내가 아프다고 깨우지 말라고 했나 보다. 미안했지만 일어나는 게 힘들어서 그냥 눈을 감고 짐을 다 쌀 때까지 기다렸다. 우리가 향한 곳은 축제를 하는 세비야다.

세비야에 도착했는데 축제 때문에 숙소예약도 안 되고 해서 아무것도 하지 못하고 그라나다로 발길을 돌렸다. 그라나다 역에서 전화를 하니 한인민박 주인아저씨가 마중을 나왔다. 조금 놀랐다. 깔끔하게 양복을 차려 입고 슈트케이스를 든 아저씨는 비즈니스맨의 느낌이 났다. 이 민박집의 특징은 주인집과 우리가 따로 사는 것이었다. 어떻게 보면 편할 수도 있지만 불편한 점도 있긴 할 것 같았다.

숙소에 도착하니 집이 아저씨의 이미지와는 반대로 많이 어질러져 있었다. 방청소는 물론 침대정리도 안 되어 있고, 쓰레기 냄새, 심지어 싱크대에는 설거지할 그릇들이 쌓여 있었다. 하지만 아저씨가 그라나다에 대해서 열심히 상세하게 설명했다. 그것은 지금까지 겪은 한인민박 주인들에는 최고였다. 묵지 않고 나가겠다고 말을 하기가 미안했다.

"집을 치우고 가실 거죠?" 한마디 했다.

시장을 보고 돌아오니 룸메이트가 들어와 있었다.

"제가 왔을 때는 장난도 아니었어요. 폐가인 줄 알았다니까요! 오늘 여기서 혼자 잘까 봐 얼마나 무서웠는데요! 참, 이곳 아침 식사도 전날 오후에 갖다 두고 가요. 반찬도 달랑 두 개구요."

그런데 우리의 가슴에 못을 박은 말은 '이곳은 요리도 할 수 없대요.'였다. 이미 우리의 피 같은 돈 20유로 가량을 들여서 식재료들을 사왔는데 요리가 안 된다니!

엄마가 밖에 나가서 공중전화로 항의를 했다.

"내가 요리할 수 있다고 말했나요?"

처음과는 말이 달라도 너무 달랐다.

"아저씨! 아까는 마켓에 가서 요리할 것 사와서 하면 된다는 듯이 말씀하셨잖아요!"

나의 머리로는 도저히 그라나다가 좋은 이미지로 남지 않을 것 같다고 일기에 쓰려는 순간 설상가상 전등불까지 꺼졌다.

4월 29일

8시 10분 정도에 택시를 타고 알람브라 궁전에 도착했는데도 약 1,000명 정도가 줄을 서 있었다. 알람브라 궁전은 시내를 내려다 볼 수 있는 높은 곳에 있었다. 산꼭대기는 정말 무섭게 추웠다.

알람브라 궁전은 시간마다 입장할 수 있는 관람객 수를 제한하기 때문에 일찍 가지 않으면 오후 4시까지 기다리고도 못 들어가는 불상사가 생길 수 있다. 세비아축제와 일요일이 겹쳐서 그런지 우리 앞에 50명가량을 남겨두고 일일 관람객 입장 인원이 끝나 버렸다.

새벽 6시부터 샌드위치를 준비한 엄마는 허탈해했다. 그러다가 나에게 감기 기운이 다시 돌아왔는지 파랗게 변한 내 입술을 보고는 숙소로 돌아가자고 했다.

"엄마, 아파서 죄송해요."

"엄마에게 죄송하다는 말을 함부로 하면 안 돼요. 네가 원해서 아픈 게 아니기 때문에."

엄마는 나를 가만히 안아 주었다. 엄마는 한국에 있을 때도 이슬람문화를 참 좋아했다. 그래서 이슬람양식의 주전자와 찻잔, 이슬람 문양이 들어 있는 쿠션커버 등을 사고 싶어 했다.

숙소에서 도착하면 열악한 환경으로 생긴 불만들을 주인아저씨에게 이야기해서 가격을 조정하고 하루나 이틀 정도 더 머무를 생각이었다. 그런데 숙소에 도착한 지 몇 분이 안 되어서 유모차를 끌고 한 아주머니가 들어왔다. 민박집 주인이였다.

"20유로 정도 들여서 식재료를 샀는데 요리를 못해서 버리게 생겼어요. 그러니 숙박료를 조금 낮춰주면 안 될까요?"

"그럼, 나가세요!"

정말 그런 반응이 나올 줄은 상상을 못했다.

"아니, 그게 아니라……."

상황 설명을 하려고 하니 일방적으로 우리 말을 듣지 않겠다는 투로 "몰라, 몰라, 안 들려." 하며 고개를 흔들며 귀를 막았다. 갓난아이를 유모차에 태우고 왔는데 아기를 기르는 엄마로는 행동과 말이 충격적이다. 아기가 정상적으로 잘 자랄 수 있을지 걱정이 되는 엄마다.

짐을 싸서 나온 다음 그라나다 역으로 가서 사물함에 짐을 보관하고 새로운 숙소를 찾으러 나섰다. 눈에 보이는 숙박업소는 무조건 들어갔다. 어두워지는 시간이라 엄마가 숙박업소에 들어가 빈방과 숙박료를 확인하는 동안 언니는 다음번 숙박업소에 들어가서 확인을 하고 나는 길에서 엄마를 기다렸다. 엄마가 나오면 언니가 들어간 숙박업소를 알려 주고 엄마는 그다음 숙박업소로 확인하러 들어갔다. 그다음 언니가 나오면 엄마의 숙박업소를 알려 주었다. 그렇게 15곳을 헤맸지만 우리에게 주어진 방은 300유로가 넘는 호텔 스위트룸밖에 없었다.

마침내 밤11시가 넘어서야 숙소를 잡았다. 96유로짜리 호텔 3인실. 민박집보다 비싼 가격이지만 전혀 아깝지 않았다. 그날은 분이 나서 그랬는지 엄마가 밤을 꼬박 새웠다.

 **4월 30일** 그라나다 시내 구경, 플라멩코 공연

뒤척거리는 소리에 잠에서 깨니 엄마였다. 9시 30분, 어떻게 보면 적절한 시간이다. 얼른 나와서 형편에 맞는 새로운 호스텔을 찾기로 했다.

하느님께서 도우신 건지 처음으로 들어간 호스텔이 정말 쌌다. 그곳에서는 심지어 이전 민박집에서 권하던 '플라멩코 공연' 표를 더 싸게 팔았다. 숙소가 제대로 잡히니 드디어 그라나다라는 도시가 눈에 들어왔다. 가로등은 패셔너블하고 은근히 장애인을 위해 많은 시설이 배려되어 있었다. 공중전화와 심지어 거리의 정수기까지 장애인용이 있었다. 가로수들이 다 오렌지 나무여서 너무 상쾌했다.

엄마는 에스파냐에 오고부터 늘 그랬지만 찻잔에 관심을 가졌고, 언니는 지나가는 강아지에 관심을 보였다. 내일 우리의 일정은 알람브라 궁전이다. 몇 시냐 하면 아침 7시! 내일 알람브라 궁전을 보기 위한 새벽 기상을 위해 크루아상을 사러 케밥집에 들어갔다. 얼마나 분한지 아직도 이름이 기억이 난다. 이름하여 'Oh La La'. 점원에게 크루아상의 가격을 물었다.

나 : How much is the croissant?

점원 : One fifty(1.5유로).

그래서 2유로를 냈는데 거스름동전이 이상했다. 내가 워낙 유럽에 적응되어서 유로화 구분이 현지인 수준이지만 키 큰 점원이 동전의 숫자까지 안 보이게 뒤집어서 주니 다른 관광객 같았으면 속았을 것이다. 거스름돈으로 50센트를 받아야 하는데 20센트만 준 것이다. 점원을 부르려고 눈을 마주치려 해도 그는 모르는 척 딴 곳을 보고 있는 게 괘씸했다. 테이블을 '탁탁' 치고 'Excuse me' 소리치니 동전을 50센트로 바꿔주었다. 도대체 나같이 어린 동양아이한테 몇백 원 더 받아서 사탕을 사 먹으려는 것도 아니고 뭐 하자는 시스템인가. 다시는 가나 봐라!

에스파냐의 자랑 플라멩코를 보러 갔다. 플라멩코는 피사에서 소매치기를 하던 집시와는 달리 에스파냐에서 전통적으로 발달된 집시들의 춤으로 세계적으로 유명하다. 이슬람지구에 도착하니 주위에 집시들이 많이 있었다. 춤이 시작됐을 때는 눈빛이 진지했고 탭 댄스보다 더 현란했다. 열정적으로 추는 것이 플라멩코의 본고장이었다. 27,000원격이니 다른 지역에 비해서 아깝긴 했지만 노래 부르던 구수한 아저씨의 목소리와 멜로디는 아직도 귀에서 아른거린다.

▲ 그라나다시내의 오렌지나무

▲ 집시들의 플라멩고춤

 5월 1일 대성당

　알람브라로 가자! 9시 40분, 으아악, 늦었다! 그렇게 우리는 여느 때와
다를 바 없게 새로운 일정을 시작했다. 늦잠을 잤기 때문에 이미 알람
브라 궁전은 물 건너갔다. 그래서 대성당으로 향했다. 하지만 이놈의 시

에스타! 에스파냐는 정말 돈이 벌기 싫은 모양이로구나. 이제 2시인데 대성당 역시 30분 후에 문을 닫는다고 표를 팔지 않았다.

2시, 그라나다를 온통 뒤져도 장사를 하는 곳은 딱 두 군데, 중국 옷가게와 관광지 근처 음식점이다. 중국 옷가게로 갔다. 아씨시에서 달리기 이후로 허벅지 부분이 닳아서 찢어진 언니의 바지를 사고 들른 곳은 오늘 아침도 책임져준 유명한 케밥집이었다. 밥 없는 오믈렛, 케밥과 에스파냐의 유명한 오징어튀김 그리고 주인아저씨는 반갑다면서 서비스로 빵도 주었다. 아침처럼 음식이 늦게 나오긴 했지만 시에스타도 걸려있고 빵도 공짜로 얻었고 해서 그냥 넘어갔다.

시에스타가 끝나고 대성당에 가게 되었다. 상상 이상으로 컸고, 벽에 그림들도 백 개는 걸려있는 듯했다. 하지만 아직도 미완성인 듯 그림을 그리고 있는 곳도 있었다. 대성당 바로 앞에 차를 파는 찻집이 있었는데, 엄마는 마음에 드는 차가 있었는지 조금 사셨다. Tea of Granada(그라나다의 차). 약간 매운 듯하면서도 달콤한 향이었다.

저녁때 엄마는 오늘 산 차향이 너무 좋다며 언니와 나에게도 양치질 컵에 차를 타서 주셨다. 오랜만에 토론을 했다.

잠자기 전에 가만히 생각해보니 이제 더 이상 한국 생각은 안 하는 것이 좋겠다. 어차피 이제 한 달만 있으면 끝나는 생활이고, 다시는 돌아갈 수도 없는 여행이지 않는가!

'피할 수 없다면 즐겨라!'

 5월 2일

달콤한 꿈을 꾸고 있을 때, 들리는 소리 "유라야 일어나!" 이럴 땐 정말 알람브라고 뭐고 다 깨버리고 싶다. 5분만 양해를 구하고 눈을 다시

감아도 꾸던 꿈은 돌아오지 않는다. 이젠 살벌하지만 줄 서러 갈 시간이 다가온 거다. 하루 종일 기다리다 알람브라 궁전에게 바람맞은 쓰디쓴 경험이 있기에 있는 옷이란 옷은 다 껴입고 바지란 바지는 다 걸치고 짐도 쑤셔 박다시피 챙기고 나갔다. 7시 기상, 7시 20분 출발.

그런데 막상 나오고 나니 비가 주룩주룩 오고 있는 것이었다. 하긴 준비할 때는 '알람브라~ 알람브라~' 주문을 외우면서 집중했으니 비가 오는 것은 당연히 몰랐다. 하지만 궁전 구경을 하고 정원에서 하루 종일 소풍을 하려던 일정에 차질이 생겼다. 이제 어느 정도 자리 잡힌 소라닭털가이드는 책임감을 느껴 기차를 타고 근교도시 '론다'라도 가자고 했다. 책임감은 우수했으나 아무리 '론다'라도 비가 오는데 어떻게 하겠다는 건지. 아무튼 가이드언니를 꼬셔서 숙소로 되돌아갔다. 엄마는 그렇다고 치고, 언니 역시 은근히 휴식에 기분이 좋았나 보다. 눕자마자 잠에 빠졌다. 그러나 이미 나의 하루는 시작되어서 잠이 오지 않았다. 그런 나를 구해준 것은 체크아웃 시간이다. 어제부터 점찍어 둔 숙소로 갔다. 사실 이번 숙소도 괜찮았지만 엄마가 예전부터 가고 싶었다는 숙소라서 바꾸는 것이다. 데스크를 지키던 현지인아주머니와 아저씨는 매번 만날 때마다 반갑게 '알로!'로 맞아주셨는데, 이렇게 떠나게 된다니 아쉽고 미안했다.

우리가 이번에 간 숙소는 알람브라 궁전과 조금 더 가까운 곳으로 매일 아침 아주머니께서 허브차를 가져다준다는 '론리 플래닛(Lonely Planet: 세계 여행 책자)'에도 나오는 유명한 민박집이다. 더 깔끔했지만 그래도 이전 숙소가 마음에 남았다. 그런데 사람 마음은 간사하다. 깔끔한 인테리어에 오리털이불. 오리털이불은 그저 감사할 뿐이었다. 1유로 차이에 오리털이불, 게다가 스도쿠 책이 제공되어서 하루 종일 우리 세 자매 스도쿠 삼매경에 빠져버렸다. 진 사람이 케밥 사오기, 진 사람이 나가서 물 사오기, 또 뭐 시킬까? 그렇게 오후 2시에 시작한 스도쿠는 12시에야 끝을 봤다.

🎞️ 5월 3일 과일가게

10시간 full time으로 스도쿠를 하다 보니 꿈속에서 숫자가 이동하고 네모 칸이 지워지고 만들어졌다. 스도쿠의 방해를 받으며 일어나니 11시였다. 그라나다의 또 다른 명물 과일 채소시장에 갔다.

말린 과일, 한국에서는 비싸서 잘 먹어 보지 못하는 망고와 노란 메론 등을 샀다. 에스파냐인데다가 그것도 시장이니 한국보다 훨씬 쌌다. 또한 부활절 기간이라 많은 아이들이 집시풍의 옷과, 카우보이 복장을 하고 무리지어 다녔고 광장에서는 집시공연을 하고 있었다. 정열의 도시 그라나다는 흥에 겨워 춤을 추는 사람들로 붐볐다. 그라나다가 들썩거렸다.

숙소에 돌아와서 언니는 천진난만한 표정으로 스도쿠 책을 들고 있었다. 스도쿠가 아무리 재미있더라도 금강산도 식후경이다. 다들 박장대소를 하며 사온 과일들을 접시에 예쁘게 깎아서 담았다. 과일은 믿을 수 없을 만큼 달았다. 이제까지 멜론은커녕 참외도 싫어했는데 멜론이 너무 좋아졌다. 과일의 여왕인 망고까지 1,000원도 안 되는 가격에 먹을 수 있다니 당분간 과일로 즐겁게 연명을 해야 할 것 같다.

다시 게임이 시작되었다. 지는 사람은 변명할 기회도 없이 케밥 사오기, 과일 사오기 등을 걸고 눈을 부릅뜨며 스도쿠를 했다. 내가 처음으로 단독 1등이 되었다. 엄마와 언니는 과일과 케밥을 사러 나갔다. 30분이 지나고, 1시간이 지나니 슬슬 기다리는 것이 심심해졌다. 1시간 반이 지나니 걱정이 되기 시작했다. 설마 나가서 봉변을 당해 돌아오는 것은 아닐까? 걱정이 조금씩 커져갈 때 엄마와 언니가 내 마음도 모르는 듯

"유라야! 화 안 났지?" 하며 돌아왔다. 손에는 과일은 온데간데없고 엄마가 좋아하는 찻잔세트가 들어있는 것이었다.

"다른 데보다 2유로씩이나 싸길래 샀어. 엄마 잘했지? 참 그리고 과일가게는 문이 닫았단다. 대신 스도쿠 또 하자"

정말 엄마는 내 마음을 몰라준다니깐. 엄마, 지금 밤 11시예요!

 ## 5월 4일 알함브라 궁전

대망의 날!

알함브라 궁전을 놓치면 우리와 알람브라는 인연이 없는 것으로 알고 떠나야만 한다. 더 이상 지체할 시간이 없었다. 어느 때보다 일찍 일어나자마자 아침도 굶고 중무장을 하고 뛰었다. 몇 시인지도 알 필요가 없었다. 버스도 없어서 20분가량을 산을 뛰어 올라가 줄을 선 뒤에야 일곱 시라는 사실을 깨달았다. 헐레벌떡 올라오다 보니 덥던 느낌도 10

▼ 알함브라 궁전 아라야네스 안뜰

분이 지나니 추워졌지만 말이다. 그래도 처음 갔던 날의 줄보다 20배는 더 앞쪽인 것 같아서 뿌듯했다. 줄은 30초에 약 50명 정도로 빠르게 늘어났다.

빈속에 전속력으로 뛰어서 그런지 화장실이 급했다. 엄마께서 표를 살 차례라고 재촉해서 볼일도 다 못보고 나가서 표를 끊었다. (난 이때 주위에서 축하음악 나오는 줄 알았다.) 자랑하고 싶은 마음이었지만 또 화장실을 찾아야 했다. 내 생전에 이렇게 배가 아팠던 적이 있었던가? 표를 산 뒤에는 표에 써진 입장시간에 맞춰 들어가는 것인데 우리의 입장시간이 자꾸만 다가오고 있었다.

'혹시 이상이 있어서 한국에서도 학교를 못 다니면 어쩌나?' '나 때문에 엄마와 언니까지 왕궁을 못 보면 너무 미안할 텐데' '한국에 내가 무사히 돌아갈 수 있을까?' 등 별 생각이 다 났다. 2개월 동안이나 온갖 고생 속에서도 끄떡없던 내 몸이 토를 했다. 아침부터 음식물 하나도 먹은 것이 없는 빈속에서 나오는 생 토였다.

그 와중에도 시간은 흘러서 입장시간이 되었고 엄마는 나를 걱정하며 안아주고 있었는데 화장실 청소부들이 적십자를 불러서 의사가 왔다. 혹시나 입장을 못 할까봐 언니는 혼자서 먼저 궁전으로 들어갔다. 의사는 맥박검사와 배도 만지고 등도 두드리고 하더니 '식중독'이라는 진단을 내렸다. 그리고 어제 먹었던 케밥이 문제였다고 금식령을 내리면서 영양제와 함께 진통제를 주었다. '오 마이 갓, 케밥을 먹지 못한다니.' 시무룩해진 내 표정.

알람브라 궁전 측에서는 오늘 중으로 언제든지 재입장할 수 있는 표를 주었고, 우리는 불러 준 택시를 타고 숙소로 돌아갔다.

2시간 정도 잔 것 같다. 눈을 뜨니 뭔가가 이상했다. 언니! 언니가 왕궁에 혼자 있는 것이다. 허겁지겁 나가니 택시도 오지 않고, 버스조차 뱅뱅 돌아서 갔다. 일단 엄마와 나는 시간이 없으니 뜬금없지만 왕궁

구경부터 하기로 했다. 혹시 아는가, 언니가 궁전의 왕비가 되어 나오지 않고 있을지.

'네가 정녕 알람브라 궁이더냐?'

그렇게 1주일간을 그라나다에 붙잡아 놓고 모두 개고생 시킨 알람브라 궁!

미워할 수밖에 없는 알람브라 궁은 돌 하나하나를 세심하게 깎아서 만들어져 있었다. 분수에 비친 왕궁은 과거 이슬람 건축기술의 위대함을 보여주었다. 게다가 타이밍도 적절하게 비가 갑자기 개면서 맑고 화창한 날씨로 변해 이슬람마을에는 구름나무가 자랐는지 구름과 마을이 꼭 붙어 있었다. 알람브라 궁에서 나온 우리는 한 가지를 알게 되었다. 언니는 안에 없었다.

엄마와 나는 왕궁을 떠나 다시 숙소로 돌아갔다. 문을 연 순간 언니가 느긋하게 바게트를 뜯어먹으며 '왔어?' 하는 표정으로 우리를 맞았다.

그러고는 엄마는 나를 두고 언니와 함께 나갔다 오겠다고 했다.

자고, 일어나고 3번 정도 반복했을까? 엄마와 언니가 돌아왔다.

"어머! 정말 그 밥은 에스파냐음식 중 제일 맛있더라."

이 소리를 들은 나는 기분상하기 보다는 엄마를 꼬시기 시작했다.

"엄마, 저 식중독 다 나은 것 같아요. 배도 하나도 안 아프고! 저 그런데 밥이 너무 먹고 싶어요. 그냥 사와서 입에만 넣어보고 다시 빼면 안될까요?"

결국 엄마께서는 나를 위해 맛있는 밥을 사오셨다. 물론 케밥을 샀던 집의 바로 옆집에서.

"원래 씹던 것의 두 배로 씹어서 삼켜!"

"나 원래 안 씹고 삼켰어요!"

세상에서 제일 맛있는 저녁을 먹었다.

▲ 알함브라궁전에서 내려다 본 알바이신지구(이슬람마을)

★ 알함브라 궁전의 서민들이 살던 흔적들

▼ 알함브라 궁전 천장　　　　　▼ 알함브라 궁전의 화려한 벽장식

 5월 5일 그라나다 ➡ 바르셀로나

　그라나다에서 알람브라 왕궁을 보았으니 떠날 시간이다. 역시나 맵지만 따뜻한 허브 차와 함께 짐을 싸기 시작했다. 교양 없던 민박아주머니, 싸고 친절했던 숙소, 은은한 음악소리와 차 향기가 어우러진 이곳, 현지인 민박, 6시간 기다려서 본 알람브라 궁전 그리고 처음으로 걸려본 케밥 식중독까지 파노라마처럼 눈앞을 스쳤다.

"what? No, It must be 44유로!"

　숙박비 계산을 위해 나가신 엄마가 기가 막힌다는 듯이 말씀하셨다.

　44유로여야 되는 숙박비가 56유로인 것이다. '론리플래닛'을 믿으면 안된다. 동양인 여자 3명이라고 무시당하는 느낌을 받았다. 아마도 마음이 약하거나 영어에 능하지 않은 동양인 여자 여행객들은 많이 당했을 것 같다. 54유로로 타협하고 나오긴 했지만 뜨내기손님이 많은 민박집에서 뻔뻔스러운 돈만 아는 에스파냐 아저씨 때문에 기분이 나빴다.

엄마가 이곳에 도착하고부터 눈독을 들이던 쿠션커버! 마드리드, 코르도바, 그라나다까지 꼼꼼히 살펴보고 오늘 2유로짜리 쿠션커버 4개를 사시고는 참 행복해 하신다. 엄마 얼굴에 띈 미소는 내가 본 꽃 중 가장 아름다웠던 한 송이로 기억될 것이다.

'엄마, 나중에 돈 많이 벌어서 엄마께서 좋아하시는 쿠션커버 많이 사드릴게요!'

공항에 갔다. 생각보다 일찍 도착해서 뭔가 일이 잘 풀리겠지, 하는 마음에 들떠있었다. 그런데 문제가 생겼다. 우리 여행 멤버나 다름없는 '여행용 스위스제 잭나이프'를 가방에 부치지 않은 것이다. 이대로 검문대에서 걸리면 빼앗겨 버릴 텐데.

칼이나 건전지 등은 개인적으로 소지해서 비행기를 탑승하면 안 된다. 방법이 없었다. 주머니가 여러 개 달려서 지저분해 보인다고 아빠가 싫어하는 카고 바지를 내가 입고 있었다. 그리고 내가 가장 어려서 검문 통과가 쉬울 것 같았고 또한 주머니가 여러 개라서 2~3개의 주머니에 금속을 나눠 넣고 검문대 통과할 때 "삐이이" 소리가 나면 모르는 척하고 한 주머니의 금속을 꺼내면서 통과하기로 계획을 세웠다.

줄을 서는데 심장이 콩닥거렸다. 걸리면 우리의 여행 동반자 한 명이 없어지는 것이나 마찬가지다. 유용하고 무엇보다 정말 비싼 것인데. 그리고 대망의 시간이 왔다. '삐삐삐삐' 검문대를 통과하는 동시에 소리가 났다. 검문원이 나에게 와서 내 손, 허리 등을 다 기계로 확인하기 시작했다. 이때부터가 나의 순발력을 발휘할 때였다. 다행히 벨트가 금속이어서 다리를 허술하게 했다. 그 덕분에 1시간 20분 동안 나는 내 친구 잭나이프와 마음 편하게 비행기를 탈 수 있었다.

바르셀로나 공항에 도착해서 엄마께서는 내가 기특했는지 아니면 고마웠는지 면세점으로 가서 여행용 칼의 본고장에서 만들어진 시계를 사주셨다. 사실은 예전부터 엄마께서 사주고 싶어 하셨던 것임.

역에 도착해 나가려는데 큰 가방을 엄마가 앞에서 들고 내가 뒤에서 들고 낑낑대며 계단을 올라가는데 한 친절한 바르셀로나 시민이 와서 도와주는 것이다. 딱 그때 생각난 문장은 '가방을 들어준다고 하면 무조건 의심을 해라. 바르셀로나에서 제일 유명한 소매치기유형이다.'였다. '이것이 무슨 상황이지?' 하고 주위를 살펴보니 바로 엄마 뒤에 또 다른 사람이 바짝 붙어서 자꾸 엄마의 크로스가방을 노리는 것이었다. 역시나 계단이 끝나갈 때쯤 엄마는 비명을 질렀고 두 사람 다 뒤도 안 돌아보고 도망갔다. 나중에 말을 들어보니 엄마 역시 문장이 생각나서 그냥 다 들어줄 때까지 기다리다가 그들이 행동을 개시하는 것을 보고 소리를 일부러 크게 질렀다고 하신다.

'오 엄마, 대단하신데요.'

 **5월 6일** 람블라스 거리 ➡ 까떼드랄 ➡ 까딸루냐 음악당 ➡ 까사바뜨요 ➡ 까사밀라 ➡ 성가족성당

아침에 일어나니 민박집 가족은 이미 아침 식사를 하고 있었다. 엄마의 표현으로는 민박집 주인이 방 2개로 민박을 치고 있는 것이 전문적이지 않아서 얹혀사는 느낌이라고 했다. 하지만 나는 아주머니가 민박을 오래 했는데도 우리를 '객' 대접이 아닌 '손님' 대접을 하는 것 같아서 기분이 좋았다.

일요일이라서 민박집 가족들이 교회를 가는 길이라며 데려다 주겠다고 했다. 람블라스 거리에 도착을 했다. 유럽의 3대 소매치기 장소로 매우 유명한 곳이다. 앞에 걷는 사람, 뒤에 있는 사람 불문하고 모두 의심해야 한다.

또 하나, 람블라스 거리에 독특한 것이 있다면 여러 종류의 행위예술가들이 많았다. 갑옷을 입은 채로 '가만히', 과일을 머리에 둘러쓴 채로 '가만히', 나비로 변장한 채 '가만히' 등 10명 가까이 되는 '가만히'들이 길거리에서 가만히 있었다. 그러나 그들은 관광객들과 사진을 찍고 팁을 받으며 벌이를 하고 있었다. 명동거리에서 한복을 입고 '가만히' 하는 것도 돈벌이가 되려나.

거리의 끝쯤에 까떼드랄이 있었다. 역시 에스파냐는 나를 실망시키지 않았다. 겉모습부터 심상치 않았던 것에 이어 내부에는 작은 연못, 오리와 거위가 살고 야자나무까지 모두 성당 안에 모여 있었다. 그렇다면 이 성당에서 미사를 드릴 때 성가대는 오리와 거위가 되는 것인가? 신기해서 넋이 나간 표정으로 한참이나 있었는데 언니가 변했다. 성당에서 기를 받았나보다. 스위스부터 헤매고 답답하게 가이드를 했는데 이제는 지도를 보고 우리를 이끌어가는 가이드로 바뀐 것이다. 그래서 다음 가이드를 따라 간 곳은 까딸루니아 음악당이었다. 가이드를 통해서만 입장할 수 있었고 기다리고 있는 긴 줄 때문에 들어가지는 못했다.

그곳을 지나 작은 가게에서 츄러스를 사서 도착한 곳은 까싸바뜨요다. 까싸바뜨요는 비싼 입장료를 받는 곳임에도 불구하고 사람들이 줄을 길게 서 있었다. 버섯모양의 난로, 물결모양의 천장 등 빈의 '훈더트바설하우스'와 비슷한 느낌이 났다. 난쟁이들의 집같이 아기자기한 느낌이 들면서도 보기 편하고, 통풍도 잘 되게 과학적으로 만들어진 건물이었다. 그곳은 스페인이 자랑하는 예술가 '가우디'가 만들었는데, 전시 공간 이외의 곳은 아직도 그의 후손들이 거주하고 있었다.

'까싸바뜨요'를 나와서 조금 더 걷다가 보면 가우디만의 독특한 개성을 지닌 한 건물이 또 있었다. 역시 가우디의 작품으로 '까싸밀라'라고 하는 미술관인데 그 줄 또한 엄청 길었다. 그래서 할 수 없이 포기하는 대신에 미술관의 숍을 들러서 그의 작품을 책으로 감상하는 시간을 가졌다.

164

▲ 까싸바뜨요

▲ 성가족 성당

그리고 다음으로 도착한 곳은 성가족 성당(Temple de la Sagrada Familia)이다. 역시 가우디의 설계로 시작되었고 성당의 지하에 '가우디'가 묻혀 있는 곳이다. 1882년에 가우디의 설계로 건축이 시작되었지만 125년가량이 지난 지금에도 완성되지 못했고, 언제 완성이 될 지는 아무도 감을 잡을 수 없다고 한다. 이렇게 오랜 시간 동안 건축을 해왔기 때문에 성당 역시 여러 양식이 섞여 있어서 딱히 어떤 양식으로 만들어질지 말하기가 곤란한 작품이다. 어떻게 보면 내가 본 성당 중 제일 너저분하게 느껴지는 성당이기도 했다.

점점 해가 어두워졌다. 다시 람블라스 거리 쪽으로 걸어갔다. 엄마께서는 간도 크시지! 거의 이만 원에 호가하는 반지를 우리 세 자매가 끼고 다니면 좋겠다고 사자고 했다. 하지만 언니와 나는 이구동성으로 거부했고 결국 돈 한 푼 안 쓰고 집으로 돌아갔다.

5월 7일 까떼드랄 → 까딸루냐 음악당 → 보케리아 시장 → 구엘 공원

15분 만에 준비 못하면 10유로 벌금! 당연히 15분 만에 준비하고 집을 나섰다. 제일 먼저 도착한 곳은 까딸루냐 음악당이었다. 어제 줄이 너무 길어서 포기해야 했던 이곳은 과학적으로 건축이 된 동시에, 역사가 담긴 곳이다. 가이드투어로밖에 입장할 수 없으니 입장료는 생각보다 너무 비쌌다. 에스파냐! 물가가 싸서 좋게 봤더니만 순 돈 잡아먹는 나라이구나! 기차는 전부 다 예약이 필수고 입장료는 숙박비 수준이라니. 어쨌든 가이드투어 시작시간이 될 때까지 조금은 여유가 남아서 바로 앞에 있는 까떼드랄에 가기로 했다. 어제 관람한 것과 같은 까떼드랄인 줄 알았는데 그것은 아니고 어제의 성당보다 평범한 편이었다. 까떼드랄을 다녀오니 시간이 거의 다 되어서 이미 많은 사람들이 모여 있었다.

그런데 그때 또 익숙한 소리가 들렸다. "꺄악" 엄마였다. 이번에는 한 집시가 지도를 들고 엄마 뒤에 따라가면서 일행인 냥 엄마의 배낭에 손을 대고 있었던 것이다.

그렇게 음악당으로 입장을 시작했다. 다른 오페라극장과는 다르게 외부 벽이 모두 유리로 만들어져 있고, 오르간도 배치되어 있었다. 설명을 들어보니 처음 만들어질 당시 음악당을 만드는 측에서 돈이 모자라

166

▲ 구엘 공원

서 전기가 통하지 않는 구시가지에 지을 수밖에 없었다고 한다. 그래서 햇빛의 도움을 최대한 받기 위해 벽면을 유리로 만들었고, 도움을 주는 자연에 감사해서 내부 장식의 여러 곳을 자연의 분위기로 만들었다고 한다. 유네스코 세계문화유산으로 지정되어 있는 100년도 더 된 이 건물은 빈의 오페라하우스보다도 화려했다.

보케리아 시장으로 갔다. 보케리아 시장은 한국의 성남 모란시장과 같은 곳으로 고기부터 과일까지 없는 것이 없는, 모든 것을 파는 곳이다. 어차피 다음 일정은 구엘 공원이기 때문에 체리부터 망고까지 수집하여 구엘 공원으로 출발했다. 멀고 언덕을 올라가야 한다는 것만 제외하면 참을 만했다.

'구엘 공원' 역시 가우디의 작품이었다. 가우디야말로 '한 천재가 도시를 먹여 살린다'의 예였다. 깨진 타일조각으로 벽면이 장식되어 있는 꾸불꾸불한 길을 따라가다 보면 도자기 조각들이 붙여진 석굴이 나온다. 중앙에는 푸른색의 도마뱀이 내려다보고 있다. 입장료가 없어서 시민들과 관광객들이 즐기기 적당한 장소였다.

날씨가 꽤 더웠다. 수돗물에 과일을 씻어 먹고 언니랑 토론을 했다.

집으로 들어가기 전에 엄마가 외식을 시켜주겠다며 중국식당으로 들어갔다. 사실은 민박에서 저녁을 주지 않기 때문에 먹고 들어가야만 한다. 까딸루니아 음악당 한 명 입장료보다 식대가 덜 나왔다. 이런 돈 잡아먹는 관광지들!

 5월 8일 바르셀로나(보케리아 시장, 후앙미로 미술관) → 파리(프랑스)

후앙미로 미술관으로 갔다. 미술관행 직행버스도 운행 안 하고 온몸은 사우나통이었다. 한 명의 천재가 도시를 먹여 살린다지만 우리에게는 입장료를 뜯어낸다지. 워낙 더워서 그림도 그림 같지가 않았다. 생각보다 넓지는 않아서 늦게 본다는 언니도 한 시간 만에 정복했다.

바르셀로나에서 프랑스 국경까지 가는 기차를 탔을 때의 일이다. 그 기차는 1등석과 2등석도 구분이 안 된 지하철 같은 시설의 기차였다. 그런데 한 이상한 할아버지가 기차에 탄 것이다. 역무원이 수상하게 여겨 어디에 전화를 거니 바로 옆의 기차 칸에서 건장한 남자 두 명과 여자 한 명이 와서는 할아버지의 상태를 살폈다. 나중에 알고 보니 사복경찰이었다. 조금은 무서웠던 기차 이동 내내 든든하게 다닐 수 있었던 이유는 사복경찰이 옆에 있다는 생각 때문일 수도 있다.

그리고 다음 기차를 위해 프랑스 국경에서 4시간 동안 기다려야 했다. 그동안 엄마는 우리가 배고플까 봐 걱정이 되어 보케리아 시장에서 사온 체리를 비싼 생수로 씻으려고 했다. 하지만 물 부족국가에서 태어난 나와 언니가 크게 반대를 했다. "너희를 굶길 수는 없지!" 엄마는 어떻게 해서라도 씻어 오겠다며 체리봉지를 들고 역 밖으로 나갔다. 그렇게 위대한 엄마가 씻어 온 체리로 끼니를 때웠다.

작은 시골역인데도 파리로 가는 기차가 왔다. 새벽이동이라 침대칸이 좋을 것 같아서 검표원에게 말하니 검표원이 원래는 69유로를 더 추가해야 되지만, 50유로만 내면 침대칸으로 옮겨주겠단다. 대신 영수증 없이 말이다. 방금 우리가 겪은 상황은 유럽여행에서 자주 생기는 일인데, 검표원에게 돈을 더 내야 할 경우 일부의 검표원은 돈을 덜 내는 대신 영수증을 안 끊어주는 방식으로 용돈을 벌기도 한다. 뭐 우리야 더 싸게 가니 좋은 것이지만 그래도 그것은 부정이다.

 **5월 9일** 파리(오베르 쉬르 오와즈)

프랑스다. 여행을 처음에 시작할 때 아무것도 모르고 돌아다녔던 프랑스로 다시 돌아온 것이다. 떼제베는 1등석임에도 불구하고 출근하는 사람으로 보이는 양복 입은 아저씨들이 정말 많았다. 1등석은 여행하는 사람들이 타는 기차라고 생각했는데 출퇴근 하는 사람들도 매일 타는가 보다. 자는 동안에 너무 피곤해서 그런지 저절로 입이 벌어졌다. 침을 닦고 보니 파리 리옹 역, 목적지에 도착해 있었다. 여행을 떠나기 전에 한국에서 예약한 민박집에 10시에 도착했다.

바르셀로나에서 파리까지 밤을 새면서 힘들게 이동했지만, 오늘을 쉬면 시간을 아끼려고 노력한 것이 모두 헛수고가 된다. 짐만 민박집에 두고 감기는 눈을 깜박거리며 얼른 오베르 쉬르 오와즈로 출발했다. 그곳은 고흐가 생을 마감한 곳이다. 조용한 마을에는 사람들이 아무도 보이지 않았고 기차에서 내리는 사람마저 우

▲ 고흐-오베르의계단

리 가족밖에는 없었다. 간이역 같은 하얀 역에도 표를 파는 사람도 없이 문이 잠겨 있고, 표를 파는 자판기만 있을 뿐이었다. 진정 고흐의 동네이다. 고흐는 이곳을 파리에서 제일 파리의 느낌이 나지 않아서 좋아했다고 한다. 내가 보니까 그럴 만도 하다. 한적한 시골 동네였다.

아무튼 그냥 이 거리 저 거리를 걷다 보니 반 고흐의 하숙집이 나왔다. 반 고흐의 열정적인 팬인 언니가 대표로 입장을 했다. 언니가 고흐가 죽을 때까지 살던 하숙집에 들어가 있는 동안, 마을길을 걸어가는데 어딘지 모르게 낯익은 풍경이 나왔다. 내가 보고 있던 계단과 나무가 어우러진 그곳은 그림 '오베르의 계단'의 배경이 된 곳이었다. 아무것도 모르고 보았을 때는 그저 계단으로 보일 수도 있었는데 의미를 알고 보니 그 계단 위에 있는 개미 한 마리조차도 예술적으로 보인다.

언니가 나왔다. 반갑게도 한국어 지도를 들고 있었다. 이 마을에는 고흐가 그린 그림의 배경이 되는 장소에는 그의 그림을 붙여 놓았다. 그래서 그림과 실제 배경들을 비교하면서 보니 더 재미있었다. 난초들이 있는 밭, 그의 절친했던 친구 가쉐 박사의 집까지 내가 기억하는 고흐의 작품과 연관되는 것들이 계속해서 보였다. 그런데 언제부터인가 우리를 큰 개가 쫓아오고 있었다. 처음엔 예뻐해 주며 쓰다듬어 주기도 했으나 나중에는 개 때문에 말썽이 생길 것 같았다. 그래서 혹시나 하는 마음에 길가는 사람들에게 개의 주인을 아느냐고 물어봤는데 그때야 개가 도망가 버렸다.

"언니, 누렁이가 우리를 좋아하는 것 맞지?"

"그건 고흐가 환생해서 태어난 개야. 우리가 고흐를 무지하게 좋아하고 자꾸 이야기하니까 우리를 따라 오는 거야."

'언니, 제발 자제해!'

돌아가는 기차를 탔다. 그런데 갑자기 바이올린과 함께 구걸하러 청년들이 들어왔다. 처음 파리의 지하철을 탈 때는 구걸하는 소년들이 어

찌나 무섭던지. 그런데 이제는 거리의 예술가가 정겹고 한국에 돌아가서
도 그들이 그리울까 걱정이다.

그렇게 숙소가 있는 역에 도착했지만 밤이 늦어 버스가 끊겨서 숙소까
지 걸어가야 하는 상황이 되었다. 길을 잃고 1시간을 헤매고 있는데 아
들과 낚시를 갔다 오는 아저씨를 만나서 겨우 숙소에 돌아올 수 있었다.
이번 숙소 꽝이에요!

 5월 10일 퐁텐블로 궁전과 정원(Palace and Park of
Fontainebleau)

퐁텐블루를 가는 날이다. 마을버스를 타고 표를 찍으려고 하는데 버
스 기사가 그냥 들어오라는 손짓을 한다. 어라? 우리가 잘못 알아들었나
하고 아저씨를 보니, 그냥 타라고 한다. 공짜로 메트로 역에 도착했다. 그
리고 기차표를 하나만 사고 3명이 들어갔는데 엄마와 언니는 찔린다고
다음부터는 그러지 말자고 했다. 난 돈을 아껴서 좋기만 한데.

퐁텐블루행 기차를 탔다. 너무 늦게 가서 성이 닫혔을까 봐 걱정했는
데 다행히 아직 시간이 남았다고 안내원이 입장을 허락해 주었다. 언니
와 나는 각 1유로씩이고 엄마만 6유로였다. 그래서 엄마만 오디오 가이
드가 포함되어 있었다. 그런데 엄마가 오디오 가이드를 받아서 우리에게
주는 모습을 보고 엄마의 모성애에 감동했는지 직원이 공짜로 2개를 더
준 것이다. 고마워서 '땡큐'를 하며 성으로 들어가는데 어디선가 거친 말
이 들렸다. 아마 입장 담당직원과 오디오 가이드 담당직원이 우리에게 오
디오 가이드를 공짜로 준 일 때문에 약간 말싸움을 하는 모양이다. 다시
뺏길까 봐 얼른 도망갔다.

힘들게 입장을 했는데 입장 시작부터 뒤에서 제복 입은 사람들이 우리

가 지나가는 방마다 얼른 문을 닫으려고 뒤쫓아 왔다. 오디오 가이드도 이해가 잘 안 되는데 방에 혼자 남을까 봐 쫓기다시피 하면서 나왔다.

풍텐블루 성은 원래 베르사유 궁에 버금가는 성을 만들기 위해 지어진 성이다. 그 겉모습만큼이나 역사적으로도 굉장히 화려하다. 성은 일찍 닫았지만 우리는 풍텐블루 성의 정원에서 있었는데 내가 본 정원 중 제일 커 보였다. 정원 안에 호수가 있었다.

 ### 5월 11일 루브르 박물관(Musée du Louvre)

어제의 예상 적중. 오늘이야말로 게으름의 극치였다.

10시 45분에 만나기. 내가 일어난 시간은 10시 52분! 어떻게 8분 만에 준비했는지는 모르겠지만 11시에 나갔다.

다시 만났구나, 루브르야!

이번에는 오디오 가이드로 투어를 시작했다. 시작하자마자 우리 세

▲ 루브르 박물관

자매는 의견통합이 안되어 분열됐지만 말이다. 언니는 회화 쪽으로, 나와 엄마는 고대 쪽으로 갔다. 루브르 박물관은 박물관이므로 고대역사 쪽을 선택했는데 엄마 역시 나와 마음이 통했던 모양이다.

매일 밤 세계사 책을 읽으시던 엄마와 함께 다닐 수 있어서 역사를 쉽게 외울 수 있고, 오디오 가이드를 듣고도 못 알아들을 때 질문할 수도 있어서 좋다.

바티칸 가이드 투어 때, 설명 잘하시던 가이드가 말하지 않으셨던가.

"제가 가이드 일을 하면서 새삼 느끼는 것인데 일본인도 중국인도 가이드투어를 하거나 아니면 적어도 오디오 가이드는 듣는데 꼭 동양인들 중에 그냥 대충 보고 나가는 사람들은 한국 사람들밖에 없습니다."

10개국을 다녔고 그중 유명하다는 박물관, 미술관은 모두 다녀왔는데 단 한 번도 한국말 오디오 가이드를 본 적이 없었다. 가끔은 영어를 잘 해야 된다고 느낄 때도 있었지만 내가 10년 후에 다시 유럽여행을 하게 된다면 아무리 영어를 잘해도 한국어 오디오 가이드를 들을 수 있는 날이 오면 좋겠다.

그래도 다행인 것은 내가 영어를 조금 할 수 있다는 것에 감사할 뿐이다. 오리엔트 문명을 끝냈을 때였다. 아직도 볼 것이 많이 남았는데 루브르 박물관은 닫을 시간이 다 되었다. 아쉬운 마음에 책방에 들어가서 루브르 책자를 사기로 했다. 오디오 가이드의 한계를 느낀 나는 한국 책을 사자고 했지만 언니는 영어 책을 사자고 한다. 다행히 나 혼자서는 이길 수 없는 언니를 엄마와 힘을 합쳐 이겼다. 한국어 책을 샀다. 언니는 불만스러워 했지만 나를 위해서는 어쩔 수 없다.

그렇게 오늘로써 두 번째 루브르 방문은 오리엔트 문명만 보고 끝이 났다. 10년 후에 한국어 가이드가 생긴다면 모를까.

5월 12일 오르세 미술관(Musee d'Orsay, Orsay Museum)

어제같이 늦게 준비하는 일이 없기 위해 준비를 제일 먼저 해서 약속 시간 20분 전부터 대기를 하기 시작했다. 아주머니가 오늘의 저녁 메뉴는 삼겹살이라는데 아침부터 마음이 설레었다. 나와서는 고민이 생겼다. 프랑스 담당인 언니는 오늘 일정은 오르세 미술관이라며 무조건 오르세 미술관으로 가자고 했지만 엄마와 나는 어제 시간 때문에 보지 못한 루브르박물관을 한 번 더 가고 싶었다.

급기야 언니는 우리가 루브르를 선택하면 자신이 혼자서라도 오르세 미술관에 가겠다고 하면서 혼자서 기차를 타러 갔다. 나는 루브르 박물관으로 향했다. 아무리 생각해도 이 상황은 맞지 않는 것 같았다. 한국도 아닌 유럽에서 언니를 다른 곳으로 보낸다는 것은 말도 안 되는 일이었다. 엄마 역시 그렇게 생각을 했는지 루브르 박물관을 포기하고 오르세 미술관으로 발길을 돌렸다. 오르세 미술관에서 줄은 조금 길었지만 생각보다 빠르게 줄어들었다.

▲ 오르세 미술관

예전 투어 때 들었던 것들이 기억나기도 하고 가끔 심심하면 지어내서 엄마께 그림 설명도 하면서 돌다 보니 언니와 만났다. 이제 여름이어서 그런지 늦은 오후인데도 대낮 마냥 햇빛은 쨍쨍했다. 조금 걷다 보니 루브르 박물관이 보이고 그 뒤에는 노트르담 대성당이 센 강 옆에 있었다. 파리에서 근교도시와 박물관만 다니다 보니 파리라는 느낌을 갖지 못했다. 길거리에서는 노점상들이 있었고, 흑인들이 역시 에펠탑 열쇠고리를 팔고 있었다. 파리였다.

그렇지만 오늘이 무슨 날인가! 삼겹살 저녁 아닌가? 우리는 모두 메트로를 타고 삼겹살을 먹으러 갔다. 하지만 버스, 또 버스가 문제였다. 결국 민박집까지 걸어가는데 길을 잃어 헤매다가 전화 부스를 찾았는데 전화카드도 없어 전화를 못하고, 결국 길가는 사람에게 도움을 청해서, 공중전화 부스에 있는 전화번호부의 지도를 찢어서 민박집을 찾아가는 상황이 발생해 버렸다. 우리가 헤맨 시간은 120분이었다.

삼겹살은 맛있었지만 최악의 날이었다.

 **5월 13일** 파리 ➡ 벨기에(골동품상점) ➡ 파리

유레일패스를 사용할 수 있는 마지막 날. 예약비가 조금 세기는 했지만 기차를 타고 벨기에로 갔다. 마지막으로 우려먹자는 것이다. 또 계획하지 않은 나라로 오게 되었다. 우리의 경험상 무작정 가는 곳은 망친다는 것을 알면서도, 결국 이렇게 오게 되었다.

벨기에의 첫 인상은 프랑스가 아닌데도 프랑스 느낌이 들었다. 심지어 프랑스 국경을 넘어가는데도 유레일패스 검사를 할 때 여권 검사를 하지 않는 것이다. 나중에 알고 보니 벨기에는 한때 프랑스의 속국이었다고 한다. 혹시 한국이 일본에게 느끼는 감정처럼 벨기에도 프랑스에게

콤플렉스 혹은 나쁜 감정을 느끼고 있을까? 벨기에는 우울한 도시였다. 어째 이리 사람이 없노!

 5월 14일 노트르담 대성당 → 생샤펠 성당 → 바또무슈(유람선) → 샹젤리제 거리

파리에 머문 지 6일째가 되어 가는데 오늘에서야 진정한 파리를 둘러볼 수 있었다. 2달 만에 드디어 만난다니! 노트르담 대성당에 가기에 앞서 내가 두 달 전에 썼던 노트르담에 대한 후기를 읽어보기로 하자.

'고풍건물들이 뭐 내 눈에 다 똑같지! 했는데 그 옆의 노트르담 성당에 가보니 말이 달라졌다.'

노트르담의 모습에 대해서 표현한 것은 딱 한 줄이었다. 노트르담 대성당에서 딱 한 줄의 감동밖에 받지 못했다니!

노트르담 성당은 앞에서 볼 때의 느낌과 뒤에서 볼 때의 느낌이 사뭇

▲ 노트르담 대성당

다르다. 앞은 듬직하게 제자리를 지키는 듯하면서도 차도를 따라서 한 바퀴를 돌아보면 상상속의 동물모양을 한 석상들이 하나둘씩 보이고 뒷모습은 교회가 우리에게 축복을 주고 있는 듯이 축복이 내려오는 모양이었다.

노트르담 다음의 일정은 생샤펠 성당이다. 노트르담 바로 옆에 있는 성당으로서 당연히 인지도도 노트르담에 비해 떨어진다. 하지만 분명 들어와 볼 만한 곳이다. 생샤펠 성당의 15개의 스테인드글라스는 성서 이야기를 말하고 있다고 한다. 하지만 굳이 성서이야기에 대해 자세히 알지 못해도 분명 볼만한 스테인드글라스라는 것만은 사실이다.

생샤펠 성당을 나오니 어느새 비가 내리고 있었다. 이런 날씨에 유람선을 탄다는 것도 이상한 것이지만 어쩔 수 없었다. 이미 두 달 전부터 가지고 있었던 표이고 그동안 들고 다닌 것이 억울해서라도 써먹어야 했다. 그냥 바또무슈를 타러 센 강으로 갔다. 비가 오는데 설마 바또무슈 타는 사람이 있을까 하면서 배 전체가 우리 것이 되기를 바라는 마음으로 탔는데 정말 위층은 아무도 없었다. 10분만 있으면 출발할 바또무슈, 제발 아무도 오지 마라! 그런데 1분, 2분이 지날수록 주차장에는 계속 관광버스가 늘어나고 있었다. 바또무슈를 타는 동안 한강의 유람선을 타는 줄 알았다. 유럽에서 유일하게 외국인 찾는 게 제일 힘들었던 곳이었다. 심지어 일본인조차 한 명도 없었으니 말이다. 온통 한국말이었다. 바또무슈를 드디어 탔다.

내일이면 이제 유럽의 마지막 나라로 가게 된다. 그리고 또다시 나의 가이드생활이 시작되는 날이다. 부디 잘 풀리기를…….

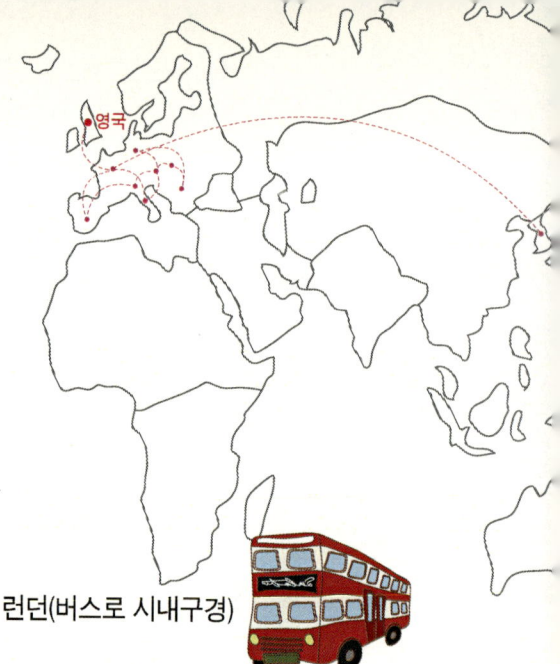

9. 영국

 **5월 15일** 파리 → 런던(버스로 시내구경)

 12시 30분발 영국행 비행기인데 11시 30분에 오를리 공항에 도착했다. 출발하기 30분 전이라 탈 수 있을지 걱정했는데, 다행히 장거리비행이 아니라서 그런지 수속을 밟을 수 있었다. 엄마는 이번이 특별한 경우여서 그랬지, 다음부터는 비행기가 떠나기 2시간 전에는 공항에 도착해 있어야 한다고 말했다.

 영국 공부를 해야 하는 시간이 다가왔다. 일단 영어가 통한다는 것은 장점이었지만, 언니와 엄마에게 내 영어 실력이 탄로 난다는 것은 있을 수 없는 일이다. 엄마도 언니도 심심했는지 자꾸 영국책자를 보여 달라고 했다. 이러다 내 가이드 자리를 빼앗길 것 같다.

 걱정하는 사이 영국에 벌써 도착했다. 그런데 시작부터가 꼬인다. 도대체 영국의 교통수단 이용하기도 힘들다. 여행카드, 일반카드, 1회권, 하루권, 일주일권 등 교통패스 종류가 다양해서 무엇을 선택하라는 건지 헷갈린다. 결국 '에라, 모르겠다!' 하고 1회권을 샀다. 무언가를 결정할 때 잘 모르면 가장 값이 싼 것을 선택해서 사용하면서 시간을 두고 알아보면 된다.

 민박까지는 크게 헤매지 않고 도착할 수 있었다. 민박집 주인은 젊은

▲ 2층 버스

여자였다. 추천받은 버스 1주일권을 사고, 추천해 준 가격과 맛이 괜찮다는 스페인 음식점으로 갔다. 엄마는 잘 먹어야 하고 싶은 것을 할 수 있다며 식사를 일인당 하나씩 시켰다. 역시 너무 양이 많았다. 게다가 저렴하다는 곳에서 먹었는데 6만 원어치의 밥이었다. 조금씩 영국의 물가에 대해서 감이 잡히기 시작했다.

일단 오늘부터 시작하는 1주일권 교통패스이니 버스에 올라탔다. 1분이나 지났을까, 버스는 다리 위를 달리기 시작했고 런던아이가 보였다. 조금 더 가니 빅벤, 웨스트민스터 사원 등이 창밖으로 지나갔다. 이제 시작이다! 시내에 있는 슈퍼마켓에 들어갔다. 어쩌면 이리 비쌀꼬! 웬만한 것은 남부 유럽의 두 배였고, 한국 가격의 열 배씩이나 되는 물건마저 있었다. 결국 우리는 한국과 비교하여 싼 과일들을 저녁 식사거리로 샀다.

침대에 누우면서 생각했다. 유럽여행의 마지막 나라라고 생각하지 말자! 아직 2주일씩이나 남았는데 절대 해이해지면 안 된다.

5월 16일 국회의사당(빅벤) → 웨스트민스터 사원

런던에서의 첫 밤.

어제 교통카드를 조금 사용했기 때문에 손해 본 것 같은 느낌이 들어서 새벽 2시까지 런던공부를 했는데도 긴장해서 일찍 일어났다. 민박집 언니에게 정보를 받고 준비를 하다 보니 11시가 되었다.

오늘부터 진정한 투어의 시작이다. 런던의 명물 이층버스를 탔다. 2층에 자리 잡고 템스 강을 지나 눈치껏 빅벤이 보이는 곳이다 싶어서 내렸다. 디즈니 만화영화 '피터 팬'에서는 빅벤을 직접 보는 것보다 멋있게 표현해주었다. 크기는 무지하게 컸지만 어딘지 모르게 어수선하다고 느낀 것은 나만 그런 것일까? 입장해 보려고 여기저기 알아봤지만 서운하게도 빅벤은 다름 아닌 국회의사당의 종탑이었기 때문에 입장이 어려웠다.

빅벤이 있는 곳에서 길을 딱 한 번만 건너면 웨스트민스터 사원에 도착한다. 길을 건넌다. 런던시민들처럼 무단횡단을 하고 싶지만 행동이 마음처럼 잘 안 된다. 런던은 보행자 중심인 나라라서 무단횡단을 일삼

▼ 국회의사당(빅벤)

는 사람들이 많지만 그들의 행동을 보면 조마조마할 뿐이다. 그래서 정직한 우리 가족은 멀리 있는 횡단보도로 가서 길을 건넜다.

웨스트민스터 사원은 영국의 유명한 사람들이 묻힌 곳이며, 영국의 많은 사람들이 그곳에 묻히기를 바란다고 한다. 겉모습은 국회의사당과 비슷한데 국회의사당이 날렵해 보인다면, 사원은 웅장해 보였다. 어떻게 보면 며칠 전에 본 노트르담 대성당과 비슷한 면도 있는 것 같다. 하지만 그보다 더 우리를 놀라게 한 것이자 기죽게 한 것은 그 이후의 일이다. 입장료가 10파운드였다. 유로로 치면 20유로, 한국 돈으로 치자면 26,000원, 할인카드와 함께 결제하면 영화 16시간을 볼 수 있는 값어치였다. 런던 시의 도움을 받지 않고 자체적으로 돈을 벌어서 관리한다는 이유로 불가피하게 입장료가 비싸다고 말했지만 우리로서는 하루 숙박료가 날아간 순간이었다.

유명한 사람들이 죽은 후에 모두 모여 있어서 역사를 공부하기로는 제대로 된 장소였다. 왕과 왕비부터 유명 소설가까지 있으니 말이다. 내부는 쌀쌀하다 못해 추웠다. 물론 따뜻하고 활발한 분위기여야 할 장소는 아니지만 말이다. 입장료가 비싼 만큼 넓은 것으로 둘째가라면 서러울 정도였다.

사원 내부에서는 신부님 복장을 하신 분들이 사원 내부를 관광하는 사람들을 도와주었다. 나 역시 아무거나 핑계 삼아 여쭤보고 싶었는데 다른 국가에서는 안 시켜도 나오던 영어가 영국에 들어오니 괜히 문법에 발음까지 신경이 쓰인다. 아무래도 오늘은 아닌 것 같아.

사원에서 3시간 정도를 소비하니 추워지기 시작했다. 언니 배에 귀를 대니 꼬르륵 하는 소리가 폭포처럼 들렸다. 차이나타운이 있는 트래팔가 스퀘어 쪽으로 갔다. 트래팔가 스퀘어에는 자랑스럽게도 삼성과 LG 간판이 자리를 잡고 있었다. 기분이 좋아지면서 목소리도 커지고 힘이 났다. 유럽에 와서야 느끼게 된 것이지만 삼성과 엘지는 우리나라를 알리는 효자 노릇을 톡톡히 하는 것 같다.

　트래팔가 스퀘어를 지나 양 옆을 잘 살피니 왠지 차이나타운일 것 같아 보이는 곳이 있었다. 다름 아니라 나무로 된 큰 대문에 한자가 쓰여 있었기 때문이다. 그 대문을 지나자 거짓말같이 중국 냄새가 났다. 퀴퀴한 듯싶으면서도 정겹다. 가격은 어느 곳이나 비슷하면서 저렴하겠지 하는 생각으로 배고프다고 짜증을 내는 언니를 이끌고 식당으로 들어갔다. 거리를 향해서 난 유리창으로 음식을 튀기는 것을 보여주는 식당이었다. 배가 고플 때 요리하는 것을 보면 정신을 차릴 수가 없다. 한국에 있을 때는 중국이 우리나라와 지리적으로 가까워서 중국음식이 진출했구나 생각했는데 내 생각보다 꽤 세계적으로 진출했다. 유럽 어디를 가도 중국집은 있으니 말이다. 많은 배낭족들이 유럽에서도 중국음식을 찾는 이유는 값싸고 배불리 먹을 수 있기 때문이다. 물론 한국에서도 그러한 이미지로 남아 있다. 반면 일본음식은 양은 적은데 값만 비싸게 받는 곳 이미지다. 그렇게 나라마다 음식에 대한 이미지가 있는데 우리나라가 음식의 황무지도 아니고 우리나라 이미지는 왜 없는 겨?

　배가 부르니 행복했다. 언니랑 '아이 엠 그라운드 나라이름 대기' 손뼉치고 놀았다.

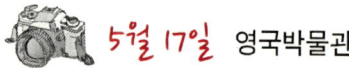 5월 17일 영국박물관

　"아침 드세요." 하루는 이렇게 시작이 된다. 어제 민박집에 사람들이 많이 들어와서 일찍 식당에 나가지 못하면 아침을 늦게 먹어야 하고, 반찬도 거의 다 떨어진다. 그야말로 전쟁이다. 영국이 물가가 비싸서 그런지 심사숙고하여 고른 민박임에도 불구하고 다른 나라에 비해 가격은 더블이고 반찬가짓수는 반타작이었다. 3개의 반찬 접시에 13명이 달려

드니 말도 안하고 먹는 데 집중해야 했다.

갑자기 눈이 아파서 식사전쟁에 참여했는데, 어떤 아저씨가 말을 꺼냈다. 그분은 돈을 최대한 아끼고 여행을 하는 것이 남는다는 신념으로 배낭여행을 하고 있었다. 교통비를 아끼기 위해 걸어 다니고, 기차보다는 버스를 애용하신다는 참 유쾌한 사람이었다. 네덜란드에서 벨기에까지 걸어가겠다는, 그 신념에 불타는 눈빛은 세상을 정복할 것 같았다.

9시 반에 세계사 책, 우산, 교통카드를 들고 영국박물관으로 출발했다. 눈이 아픈 내가 안쓰러웠는지 엄마와 언니도 신경을 써주며 오늘의 가이드 일은 공동으로 하자고 했다. 그래서 나는 말도 거의 안 하고 버스 타면 같이 타고, 내리면 같이 내리는 방식으로 따라 다녔다.

모든 버스는 옥스퍼드 거리로 통한다. 옥스퍼드 거리로 가서 마켓에서 점심거리를 산 후 영국박물관으로 가는 버스를 탔다. 몸이 아파서 내 담당을 엄마께 맡긴 게 자존심이 상했다. 어쨌든 내 잘못이니 엄마와 언니를 졸졸 따라다니며 하는 말마다 "네, 네." 굽실거렸다.

드디어 도착했구나, 영국박물관!

때는 12시 30분이었고, 버스는 6번을 갈아 탔으며 사온 음식도 다 먹은 뒤였다. 중간 중간에 왠지 어설픈 엄마의 눈빛을 읽었어야 했다. 사실 생각해 보니 언니와 나는 적어도 3개 이상의 나라를 맡은 데 비해서 엄마는 이탈리아와 체코, 딱 두 나라밖에 맡지 않았고, 더군다나 체코는 하루밖에 있지 않았다. 내일부터는 내가 하리라. 엄마를 믿으면 망한다. 엄마가 이번만큼은 언니와 함께 다녀야 한다고 해서 세 명이 같이 다니기로 했다. 영국박물관을 무엇보다 사랑한 이유는 일단 입장료가 없었다. 사실 전 세계를 뒤집듯이 털어서 긁어온 문화재들로 쌓여 있으니 돈을 받으면 욕먹을 만도 하다.

먼저 어디부터 갈까, 박물관 지도를 펼쳐보았다.

67. KOREA. '허걱, 코리아다. 이놈들이 한국까지 약탈하러 진출한 거

187

야?' 머리카락이 곤두섰는데, 다행히 삼성에서 후원해서 만든 곳이라고 했다. 당연히 먼저 한국관으로 들어갔다. 입구 옆에 중국관이랑 일본관도 자리 잡고 있는데 한국관에만 관람객이 없지 않기를, 만약에 관람객이 없더라도 세 나라 다 없기를 기도하면서 들어갔다. 곁에는 백남준 선생님에 대한 설명이 있었다. 한국을 알릴 수 있는 절호의 찬스인 대영박물관에서 표현한 한국은 어떤 모습일까 궁금했다.

한국관에는 열 명 정도 되는 관객들이 우리 문화재를 진지하게 보고 있었다. 안심했다. 빗살무늬토기와 사랑방 등이 전시되고 있었으나 내용이 너무 빈약했다. 하다못해 한복이라도 전시를 했으면 좋으련만 우리나라는 국민의 세금을 어디다 다 쓰는지 화가 났다. 일본관에 들어갔는데 훨씬 더 넓고 사람들도 많았다. 일본유물에 대해서 설명한 글귀를 읽어보면서 '우리나라도 일본 못지않게 뛰어난데' 라는 생각이 들어 마음이 아팠다. 어른이 되면 삼성보다 더 큰 회사를 세운 후에 돈을 벌어서 영국박물관의 한국관에 우리나라의 유물들과 문화를 멋있게 전시하고 싶다.

루브르에서 끊긴 메소포타미아문명을 보러 갔다. 그전에 메소포타미아 문명에 대한 전반적인 공부를 해야 해서 박물관 내에 있는 도서관에 들어갔다. 도서관 한쪽에서 돌멩이 2개를 탁자에 올려놓고 앉아 있는 아줌마가 있었다. 2만 년 전에 실제로 인류가 사용했던 뗀석기와 간석기라고 한다. 가슴이 쿵쾅쿵쾅 하는데 석기를 한참 동안 만져 보았다. 역시 선진국은 아이들을 위한 시설들이 다르다. 평생 잊을 수 없을 것 같다.

5월 18일 런던 → 옥스퍼드(애슈몰린 박물관, Christ Church Collage, University Collage, Queen's Collage, Magdalene Collage)

전쟁 같은 아침이 끝났다. 30초 늦었다고 고기반찬이 사라지다니 슬펐다. 엄마는 언니가 화장실을 지저분하게 쓴다고 불만인 모양이었다. 화장실을 쓰고 나서 나올 때는 내가 쓴 물건들이 제자리에 있는지 확인하라고 하면서 잔소리를 하셨다. 그래도 가이드인 내가 책임감 있게 엄마를 달랬다.

영국 박물관을 방문할 예정이었으나 하늘이 맑고 햇빛이 쨍쨍했다. 주인언니도 영국에서 이만큼 쾌청한 날씨는 보기 어렵다며 박물관보다는 교외로 가라고 했다. 주인언니의 추천과 날씨의 협조로 옥스퍼드로 가기로 했다. 사실 아직 버스 타는 법도 제대로 모르면서 기차역을 간다는 것은 너무도 무모한 짓이었다.

막무가내로 버스에 타서 기사에게 물어보고, 아니라고 하면 내리는 방법으로 해서 옥스퍼드 행 기차까지 타게 되었다. 오랜만에 기차에서 보는 풍경은 그야말로 녹색지대였다. 마을이 있어도 녹색 위에, 꽃이 피어도 녹색 위에 있었다. 그런데도 하늘을 보면 비가 올 것 같은 느낌이 들어 아찔해지기도 했지만 색다른 맛이 있었다.

피곤한데다가 갑작스러운 일정이어서 그런지 옥스퍼드라는 느낌도 새롭지는 않았다. 애슈몰린 박물관은 영국의 가장 오래된 박물관이다. 처음에는 관심 있게 보지 않아서 몰랐는데 이집트, 로마 등등 다양한 나라에서 온 문화재들과 유명한 작품들이 많았다.

애슈몰린에서 나와서 본격적으로 옥스퍼드대의 칼리지를 방문하기 시작했다. 세계에서 유일하게 교회와 대학이 같이 있는 크라이스트처치 칼리지에 갔다. 교회의 내부는 스테인드글라스와 여러 장식으로 굉장히 유명한 곳이었다. 시간에 쫓겨 칼리지 학생 식당으로 가보았는데 메뉴가 써져 있고 가격이 2파운드다. 옥스퍼드 학생들은 공부를 잘해서 정말 축복받았다. 스테이크를 2파운드에 먹는다니! 식당을 구경하는데 딱보아도 그곳은 해리포터가 다니는 학교식당이었다. (알고 보니 그곳은 해리포터 영화제작 시 참고가 되었던 곳이라고 한다.) 자꾸 식당 담당하는 사람이 나가라는 눈치를 주어서 잘 볼 수는 없었지만 정말 부러웠다. 그곳을 나와 여러 길을 걷고 중간에 학생들의 도움을 받아 퀸스 칼리지와 유니버시티 칼리지를 갔지만 아쉽게도 두 곳 다 학생들이 아닌 방문객은 입장이 불가능했다.

맥달린 칼리지로 갔다. 혹시나 닫히거나 방문객 입장이 허용이 되지 않아 허탕 칠까 봐 조마조마했는데 다행히 입장이 가능할 뿐만 아니라 수위아저씨가 눈감아줄 테니 공짜로 들어가라고 했다. 아름드리나무가 그늘을 만들었고 시냇물이 흐르는 숲과 사슴이 사는 정원까지 있었다. 이런 곳에서 공부를 하고 나온 많은 사람들이 세상을 이끌어 갈 텐데, 나는 어떻게 살아야 하는지 걱정이 되었다. 그런 의미에서 옥스퍼드의 기가 담긴 돌멩이 하나를 주웠다. 다시 한국에 돌아가 학생의 본분인 공부를 할 때마다 주워온 돌멩이를 보며 옥스퍼드의 기를 느낄 수 있게 말이다.

옥스퍼드에 가면 내가 참 작아지는 것을 느끼게 된다. 공부하느라 머리 정리도 안 하고 책만 들고 다니는 사람들을 보면 '나는 이게 뭐지?' 하고 자존심이 상할 때도 있다. 옥스퍼드에 여행 가는 사람들에게 권해주고 싶다. 절대 꾸미지 말고 가방에 책 네다섯 권 가지고 여행자 아닌 척 여행을 하는 게 좋을 것이다. 오늘이야말로 참 좋은 경험을 했다.

 노팅힐 벼룩시장(포토벨로마켓)

"저 나가요." 무슨 소리일까 한참 생각했다. 알고 보니 이틀 전부터 주인언니가 엄마와 유로화 환전을 하더니 벨기에로 가는 날인가 보다. 잠이 덜 깬 채로 들린 소리라 그런지 꿈인지 생시인지 혼동이 되었다. 설마 밥 먹으라는 것을 잘못 들은 것은 아닌지 하는 생각이 들었고 밥 먹을 시간인 것 같기도 했다. 그렇지만 아무도 먹으러 가지 않아서 그냥 눈을 감았다. 일단 늦어도 밥은 있겠지 하는 배짱으로 잤다. 얼마나 잤을까, 꿈이었는지 현실이었는지도 모르고 일어났는데 엄마께서 "유라야 밥 먹어." 말씀하셨다. 주인언니는 없었고 다들 밥을 먹고 있었다. 오늘은 언니가 너무나 기다리던 벼룩시장으로 가는 날이었다. 벨기에에 갔을 때 엄마와 내가 벼룩시장에 다녀왔다는 소리를 듣고 언니는 정말 부러워했다. 그래서 기분이다, 오늘 하루 언니를 위해 벼룩시장에서 살기로 했다.

노팅힐행 버스를 타고 가다가 마구잡이로 내리는 사람들을 따라 내렸다. 그런데 내리고 보니 엄마랑 언니는 버스에 남아 있었다. 버스는 이미 출발을 했다. 그러나 다행히 시내버스는 우리나라처럼 '쌩' 하고 빨리 달리지 않아서 버스를 뒤쫓아 다음 버스정류장까지 뛰어 가서 이산가족 상봉을 했다.

벼룩시장의 위치는 누가 이야기해주지 않았는데도 눈치를 챌 수 있었던 이유는 관광객들의 행진에 묻혀 가다 보니 한 사람 두 사람씩 괜찮은 가구나 소품거리 등을 들고 흡족한 표정으로 돌아가고 있었기 때문이다.

드디어 보지는 못했지만 영화 '노팅힐'의 촬영장소 포토벨로마켓이 나왔다. 옛날 영화에서만 보던 시계, 카메라, 나침반 등이 내 눈앞에 펼쳐졌다. 에디슨이 썼을 것 같은 카메라가 나를 자꾸 유혹했다. '오래된 것을 들고 다니면 왠지 폼 나지 않을까' 하는 생각 때문에 거의 살 뻔했지만 결과는 내 예상이 적중했다. 아무리 시계가 유혹을 해도 안 샀다.

다른 때보다 일찍 나가서 파장시간까지 있어도 나를 위해 산 것이라고는 망고 두 개뿐이었다. 엄마는 클래식 CD 1세트를 싸게 사셨다. 결국 파장이 되었고 서점을 들러 책을 보고 민박집에 갔다. 그러나 집에는 아무도 없었다. 40분 동안 숙소 앞 공원에서 케이크를 먹고 놀다가 갔는데도 아무도 문을 열어주지 않았다. 테스코도 다녀오고 일기도 쓰고 이곳저곳 가 보았는데도 돌아오면 상황은 달라지지 않았다. 결국 밤 12시까지 시내버스 안에서 트래팔가 스퀘어에 있는 사자한테 '굿 바이' 인사를 열 번은 한 것 같다. 왜냐하면 트래팔가 스퀘어를 기준으로 시내를 돌아다니는 버스였다. 결국 주인 대신 아침만 챙겨주는 사람이 와서 들어갈 수 있었는데 숙박객들 모두 화가 단단히 났다. 내일이면 주인 언니가 올 터이니 그때 상황을 보고 해야겠다.

5월 20일 영국도서관

꿈이라는 것은 잠자는 동안에는 계속되지만 깨고 나면 잊기 십상이다. 나도 그저 밥 먹으란 소리에 재미있었던 모험을 잊고 벌떡 일어났다. 아침밥을 해주는 사람은 일본음식점에서 요리사로 일하는 사람이라 참 요리를 잘 했다. 든든하게 먹고 준비를 다 하니 주인언니가 돌아왔다. 어제 우리보다 먼저 와서 기다린 4명의 언니들 중 두 명은 주인에게 불만을 쏟아 부었다. 언니들은 조금 쌀쌀한 날씨에 밖에서 기다리느라 감기가 걸려서 화가 났기 때문에 우리가 나갈 때까지 싸우고 있었다.

오늘 일정은 영국도서관이다. 박물관에 가려 했으나 어젯밤 일로 다들 지쳐있던 터라 책을 읽으려고 도서관으로 갔다. 언니는 가이드인 내가 자꾸 버스정류장을 못 찾는다고 짜증을 내고, 엄마는 느리다고 짜증을 내고 있었다. 결국 고도의 집중력으로 지도를 보고 영국도서관에 도착했다. 그런데 도서관 설명을 보니 도서관 회원에 가입을 하고 허가를 받아야 입장이 가능했다. 도서관 회원에 가입하려면 영국 내 주소가 필요했다. 엄마와 언니의 눈치를 슬쩍 보니 말해서는 안 될 상황이었다. 결국 도서관으로는 못 들어갔지만 그 옆의 전시실에서 기독교와 이슬람교에 대해서 전시를 하고 있었다. 영국가이드 체면이 겨우 살았다.

"내가 사실 도서관 못 들어가는 것은 알았는데 이 전시회가 너무 유명해서 보여주려고 그랬던 거야."

엄마와 언니는 이런 거짓말을 치는 내가 그냥 귀엽기만 했나 보다.

다행히 도서관을 보고 이번에는 피카딜리 서커스로 가기로 했다. 피카딜리 서커스에는 영국에서 제일 큰 서점 워터스톤즈가 있다. 언니는 글씨가 깨알같이 있는 책 쪽으로 갔지만 나는 7살, 8살 아이들이 가는 곳에 따라가서 땅 바닥에 앉아서 같이 책을 읽었다. 숙소로 돌아가니 아침에 싸우던 언니들은 환불을 받아서 갔다고 한다. 민박집이 조금 심하긴 했다. 그런데 우리는 어떻게 되는 거지? 모르겠다. 잠이나 자자!

 **5월 21일** 영국박물관, 뮤지컬(오페라의 유령)

사실 요즘 들어 우리 대단한 가족이 게을러지는 것 같다. 9시에 나가야 하지만 점심시간이 다 되어서야 버스를 타고 일단 뮤지컬예약을 위해 레스터스퀘어로 갔다. 정말 최유라 가이드 체면이 말이 아니다. 비가 추적추적 내려 우산을 빌으며 걸어가는데 마음온 행복했다. 줄은 조금 길었지만 25% 할인 행사 중이라 2만 원 정도는 싸게 살 수 있었다. 1인당 8만 원 정도의 오페라를 믿을만한 곳에서 산 최고로 비싼 티켓이니

자리가 어디인지 확인도 않고 표를 받았다.

늦게 일정을 시작한 것은 생각도 안 하고 그저 표 하나 산 것이 뿌듯하고 마음 편해져서 근처의 사설판매대에 가격비교도 할 겸 들어가 보았다. 그런데 앞줄에서 주인과 한 동양인 여자가 싸우는 것이다. 아마도 사설판매대가 사기가 워낙 심하다고 소문이 도니까 발음으로 보아 홍콩 사람으로 추정되는 두 여자는 판매원에게 표에 대해서 꼬치꼬치 캐물어보게 된 것 같다. 판매원은 동양인 여자라서 무시한 것인지 여자에게 갑자기 소리를 지르기 시작했다.

"내가 너에게 ~도, ~도, ~도 알려줬는데 뭘 더 원하는 건데?"

그러자 그 여자, 기죽지 않고 남자에게 욕을 퍼붓기 시작했다. 알아들을 수 없는 욕이 굉장히 많이 오갔다.

언니는 그 여자가 내심 동양인을 무시하는 판매원의 얼굴을 한 대 쳤으면 하는 마음이었다고 한다. 엄마께서도 같이 맞대응하는 여자를 보면서 속이 다 시원했다고 하셨다. 나는 언니와 엄마보다는 영어가 딸려서 자세한 사정도 모르고 서툰 판단을 했을 수도 있겠지만, 싸우는 두 사람이 생각이 짧고 이성적인 판단을 못했다는 생각이 든다. 시내 한복판에서 서로 큰 소리로 욕한 것은 남자의 경우에는 가게주인으로서 프로답지 않았고, 여자의 경우에는 외국이기 때문에 자기 나라의 이미지를 생각해서 절제를 했어야 한다는 생각이 든다.

영국박물관으로 가기 위해 버스정류장에서 버스를 기다렸다.

엄마 : 가이드님, 엄마 방귀 나올 것 같아.

나 : 아, 그럼 멀리서 뀌고 오세요.

엄마 : 엄마 다녀올게.

엄마가 다녀오고 무심코 옆 사람을 보니 '한국어 실전편' 책을 읽고 있었다. 어쩐지 자꾸 우리를 따라오며 키득키득 하더라니. 그렇게 제2의 껍데기 아저씨를 보고 3시 반 정도에 박물관에 도착했다.

박물관 내에 작은 도서관이 있어서 언니는 책을 읽고 엄마와 나는 아시리아 투어를 했다. 자원봉사자가 하는 가이드 투어라서 무료라고 한다. 관람객에게는 무료로 가이드를 받으니 좋고 자원봉사자는 재능을 사용할 수 있으니 참 좋은 제도이다. 하지만 난 하나도 못 알아들었다. 서점에 앉아 역사책을 여러 번 읽어도, 엄마가 설명을 해줘도 이해가 안 된다. 역사란 어려운 것이다.

뮤지컬극장에 갈 시간이었다. 별로 크지 않은 무대이지만 장치가 많고 무대를 위해 굉장히 많은 노력을 한 것 같았다. 오페라가 시작되었다. 사실 한국에서 뮤지컬 명성황후를 볼 때도 상황은 같았지만 굉장히 알아듣기가 힘들었다. 하지만 분명한 것은 노래를 정말 잘 불렀다. 여주인공의 목소리가 심장을 감싸 안듯이 부드러우면서도 날카로웠고 가슴을 콩닥거리게 하였다. 특히 중반부에 이르렀을 때 부른 노래는 손가락 끝부터 '지지직' 소름이 돋을 정도였으니 말이다. 내용을 몰라서 살짝 아쉽기는 했지만 노래에 집중할 수 있게 도와준 큰 요소라고 할 수 있다.

오페라가 끝나고 벅찬 가슴으로 나오는데 많은 사람들이 모인 곳은 위험하다는 생각이 나서 "이런 데서는 소매치기를 조심해." 라고 말하는 순간, 엄마께서 "소매치기다." 하고 소리치셨다. 내가 말하는 그때, 소매치기가 엄마의 배낭끈을 풀고 있었고, 놀란 엄마는 망신을 주려 손가락질을 하며 "저 사람이 내 가방 소매치기 하려고 했어!" 라고 말을 했다. 주변 사람들이 다 쳐다보는데도 소매치기는 얼굴색 하나 변하지 않고 그냥 다른 곳으로 가는 것이다. 점잖게 생긴 여자였다.

5월 22일 영국박물관, 하이드 파크

　숙박객이 우리 가족뿐이어서 오랜만에 심적으로나 양적으로나 여유로운 아침밥을 먹었다. 준비하다가 게으름 피우고 침대도 누웠다가 눈을 떠보니 벌써 11시 5분이었다.

　어제로 버스 1주일권이 끝나버렸기 때문에 오늘부터는 지하철권을 사기로 했다. 그런데 오히려 나는 청소년이라 지하철이 더 쌌다. 영국박물

▲ 영국박물관

관으로 갔다. 이집트 쪽을 엄마와 함께 보고 있을 때였다. 약 30명쯤 되는 동양인 단체관광객들이 들어왔다.

그들은 'DO NOT TOUCH'가 크게 쓰여 있는 것들임에도 불구하고 껴안고 사진을 찍는 등 계속 훼손을 하고 있었다. 말하는 것을 들어보니 한국인이다. 엄마는 같은 한국인으로서 너무 어이가 없어 만지면 안 된다고 설명을 했다. 그랬더니 왜 참견이냐는 표정으로 "네, 주의할게요." 라고만 말하고 도대체 손을 뗄 생각을 하지 않는 것이었다. 이것이 야말로 국제적인 망신이었다. 영어를 못 읽는 것도 아니고, 설령 읽지 못한다고 해도 전시된 물건을 만지지 않는 것은 기본적인 상식 아닌가?

하지만 방치해 두는 영국박물관 측도 그렇다. 남의 나라 건물을 다 훼손해가면서 약탈해온 것들을 왜 그렇게 허술하게 관리하고 있는지 이해가 되지 않았다. 프랑스 박물관에서는 각 방에 적어도 한 명은 지키고 있었는데 말이다. 영국박물관이 끝나서 나왔다. 책을 좋아하는 언니는 워터스톤 서점으로 가겠다고 먼저 갔고, 엄마는 최유라 가이드를 따라 하이드파크로 가기로 했다.

하이드파크는 영국에서 제일 넓은 공원이다. 역시 끝이 보이지 않았다. 아이들의 손을 잡고 산책을 하는 사람, 이어폰을 끼고 조깅을 하는 사람, 벤치에 앉아 책을 읽는 사람, 잔디에 누워 있는 사람 등 모두 자신만의 여유로움을 만끽하고 있었다. 엄마와 산책을 하는데 한꺼번에 걱정이 몰려 왔다. 사실 마음속으로 외면하고 있었지만 옥스퍼드에 다녀온 후로 머릿속에 계속 남아 있던 질문이 있었다.

'나는 키도 작고 얼굴도 못생겼고 공부도 못하는데, 세상에는 잘난 사람들이 너무나 많아. 나는 어떻게 해야 하나, 어떻게 살아야 하나.'

갑자기 다리에 힘이 쭉 빠져서 걷기가 힘들어 바닥에 앉았다.

"한국에 돌아가면 중학교 2학년 2학기에 복학하는데 다른 학교에 복학은 할 수 있을까? 복학한다고 해도 내가 잘할 수 있을까? 여태까지 내가 몰랐던 세상이 이렇게 넓은데, 나는 아시아의 작은 나라에서 살고 있는데 어떻게 그들과 경쟁할 수 있을까?"

엄마는 내 옆에 한참을 가만히 앉아 계셨다.

"우리 귀한 딸이 이 여행을 통해서 많은 것을 배우고 느낀 것 같아 기뻐. 지금 15살인데 인생을 생각하고 살아갈 일을 걱정하는 것을 보니 정말 기특하다. 복학하는 일은 걱정하지 마. 교장 선생님이 널 만나보신다면 학교를 빛낼 수 있는 학생이라고 당장 오라고 할 거 같은데. 학생으로서 공부를 잘 하는 것은 의무이자 권리이기도 하지. 엄마는 믿어. 여행을 준비하고 기록을 하는 것처럼 학교생활이나 인생도 차근차근 열심히 잘할 것이라는 것을."

엄마는 나의 진로에 대해서 이야기해 주고 인생 선배로서 조언도 해 주셨다. 엄마는 나에게 "유라야, 너는 엄마가 큰언니 같지?" 라고 물어보았다. 엄마는 항상 언니한테는 "내가 네 친구 같지?" 그러면서 나한테는 한 번도 친구 같으냐는 질문은 물어본 적이 없었다. 하긴 내가 친구하기에는 키가 너무 작고 어리광을 부리니까.

그래서 나는 큰언니와 산책을 하다가 해가 질쯤에 숙소에 가니 곧 작은언니가 돌아왔다.

 **5월 23일** 영국박물관

막바지라고 게으름을 피운 것이 문제였다. 오늘 일정 역시 변하지 못했다.

벌써 네 번째로 영국박물관에 가는 것이다. 입장료를 받지 않는 박물관도 우리가 게으름을 부리게 하는 데 한몫한 거야! 반성해!

박물관은 반성한다는 듯이 하루 종일 가이드투어를 선사했다. 아메리카투어, 르네상스시대의 조각들 투어, 메소포타미아문명 투어까지.

아메리카는 생각보다 지루했다. 엄마께서는 아즈텍, 마야, 잉카 문명을 생각하고 갔는데 북 아메리카 인디언 쪽만 해서 약간 실망이라고 하시면서 남아메리카 문명으로 혼자서 몰래 빠져 나가고 언니와 나는 눈치가 보여 끝까지 따라다녔다. 하지만 르네상스 시대와 메소포타미아 문명은 정말 재미있었다.

세계 여러 나라의 중요한 문화재를 한곳에서 보는 것은 편하다. 그러나 그 나라 사람들의 생활과 문화를 한눈에 나타낸 소중한 문화재들 중에서 가장 중요하고 좋은 것들만 약탈하거나 돈을 주고 사서 가져 오느라고 파손되었을 것을 생각하면 가슴이 아팠다. 사실 그리스나, 이집트를 가도 정작 볼 것이 남아 있을지가 의문이다.

드디어 영국박물관의 자랑인 로제타스톤을 보았다. 로제타스톤은 나폴레옹이 이집트를 침략 했을 때 알렉산드리아 근처 로제타라는 작은 도시에서 가져온 1.25미터 크기의 검은 현무암이다. 이집트의 고대 상형문자를 해독하는 데 기초가 된 비문이 있는 돌이다. 원래 프랑스가 발견했는데 영국과의 전쟁에 패배하면서 영국의 박물관으로 옮겨졌다 한다. '이집트 문화재인데 나라가 힘이 약해서 문화재도 수난을 겪는구나!' 하는 생각이 들었다.

로제타스톤을 초등학교 학생들이 만지고 껴안고 하고 있어서 엄마는 뛰어가서 아이들에게 만지지 말라고 말했다. 아무리 체험 위주라지만 로제타스톤을 만지게 하는 것은 내가 생각해도 조금 이상한 학습방법이었다. 그리고 눈에 띈 글자.

'PLEASE TOUCH ME'

체험 위주인 영국박물관은 아이들을 위해서 로제타스톤 가까이에 모형을 똑같이 만들어서 전시해 놓은 것이었다. 지금 백인 아이들에게 사과를 한다.

'만지라고 그래서 만졌지만 꾸지람을 들은 아이들아, 우리 엄마는 그저 너희 나라 영국을, 역사적 가치가 있는 문화재를 사랑해서란다. 부디 아직도 섭섭한 마음이 남아 있지 않기를 바란다.'

그렇게 영국박물관에서 하루를 보냈고 그 이후로 더 이상 영국박물관을 가지 않았다.

 **5월 24일** 내셔널 갤러리

영국을 떠날 날도 얼마 남지 않았고, 가보지 않은 곳 또한 너무 많았기 때문에 이제부터라도 계획적으로 돌아다녀야 한다.

빨간 이층버스를 타고 트래팔가 스퀘어로 갔다. 잔디 광장을 가득 메운 것은 역시나 사람들과 비둘기 떼였다. 아마도 관광객들일 것이다. 왜냐하면 영국인들이면 일하러 가야지, 잔디광장에서 빈둥빈둥할 수는 없지 않은가!

트래팔가 해전에서 나폴레옹으로 하여금 영국의 침공을 단념시킨 영웅 넬슨 제독이 승리한 뒤, 프랑스 군대의 대포를 빼앗아 녹여 만들었다는 사자상 위에도 사람들이 올라가 기대어 있었다. 저렇게 높은데 올라가기도 힘들겠다.

시원하게 쏟아지는 분수에서 손을 씻은 후 벤치에서 샌드위치와 과일을 먹고 내셔널 갤러리(국립 미술관)에서 오늘 일정을 쏟아 붓기로 했다. 미술관 입장료는 무료였지만 현관에 모금함이 있었다. 1유로를 입장료 대신 기부하고 당당하게 올라갔다.

오랜만에 그림을 보아서 그런지 처음에는 다리가 아픈 것 같았다. 미술관을 관람할 때는 다리가 튼튼한 것이 매우 중요하다. 한 작품 한 작품 천천히 보다 보면 다리가 심하게 아프다. 빨리 걸으면 온몸이 피곤하다. 그러나 계속 서서 그림을 보면 다리가 아파서 앉고만 싶다. 나중에는 그림기법이 신기해서 관심을 갖게 되고, 그림을 보면 이 생각, 저 생각이 떠올라서 다리 아픈 줄도 모르고 돌아다녔다.

내셔널 갤러리에도 무료 가이드투어가 있었다. 이번 가이드는 정말 설명을 잘 했다. 갤러리에서 일을 하는 큐레이터인 듯하였다. 그런데 그분에게서 들은 절망적인 소식! 반 고흐, 마네 등의 작품이 전시된 방은 우리가 오기 바로 며칠 전부터 잠시 문을 닫게 되었다고 한다. 아니 며칠 전이라면 우리가 영국에 있을 때가 아닌가? 말도 안 된다. 결국 게으름을 피우다가 공짜로 볼 수 있던 거장들의 그림을 간발의 차이로 놓치고 만 것이었다. 스위스에서 이동 중에 눈앞에서 떠난 기차보다도 더 야속했다.

결국 우리는 절망적인 상태로 숙소에 돌아가서 가족예배를 드렸다. 그리고 살아가는 것에 대해서 진지하게 토론을 했다. 엄마와 언니는 내가 미래에 대해 걱정을 하는 것을 보니 잘 크고 있는 것 같다며 날보고 웃었다. 엄마와 언니가 이야기를 할 때 이해가 안 돼 내가 "무슨 뜻인데?", "잘 이해가 안 된단 말이야." 할 때마다 언니는 크면 알게 된다고 말을 했다.

정말 작은언니와 큰언니 같던 사람이 오늘따라 너무 큰 어른이 되어버린 것 같았다. 정말 들어도 들어도 모르겠다. 크면 알게 된다는데 그때 알면 뭐해? 지금 모르는데!

 **5월 25일** Natural Historical Museum(자연사박물관), V&A 미술관

며칠간 문이 잠겨서 대문을 넘기도 하고, 민박집 주인이 집을 비우면

서 자연스럽게 아침밥을 해주는 분과도 사이가 어색해졌다. 엄마는 처음에는 기분이 나빠도 참으셨지만 계속 이런 분위기는 싫었던 모양이다. 점심거리로 싼 샌드위치를 하나 더 만들어 주방아저씨께 드렸다. 사람 사이라는 것이 좋았다가 나빠지고 할 수 있는 것이지만 결과가 중요한 것 같다.

청소년 1일권을 사러 기차역으로 갔다. 며칠째 계속 같은 차표 판매원이 날 보면서 웃으며 표를 팔고 있었다. "하이!" 하더니 오늘도 역시 알아서 다 해준다.

오늘의 시작은 대단히 맑았고 매번 틀리는 예감이지만 그래도 시작하는 예감이 좋다. 일단 시간이 없으니 자연사박물관과 그 옆의 미술관까지 휩쓸고 가기로 했다.

영국은 소매치기가 적은 것도 아니고, 아파트에 엘리베이터 두 개가 의무인 것도 아니니 겉으로 보기에는 선진국이라고 긍정할 수 없었지만 박물관에 오니 '선진국 시스템'을 이해하게 되었다. 역시 체험 위주로 이해하기 쉽게 설명해주고 흥미를 느낄 수 있게 해 주었다.

"과학이 이렇게 재미있을 수가 없어요!"

나 또한 다른 아이들과 같이 동심의 세계로 들어가 엄마께 과학 게임을 더 하겠다고 졸랐다. 비록 마음은 동심으로 돌아갔지만 몸은 그대로여서 어린 초등학생 영국 아이들의 이상해하는 눈초리에 과학 게임하는 자리를 넘겨줘야 했지만 말이다. 어릴 때 엄마랑 과학박물관과 LG사이언스 홀을 갔지만 여기만큼 재미있는 곳도 없었다. 역시 아이들을 꿈나무로 생각하는 선진국이었다. 정말 나가기가 싫어서 떼를 썼지만 정신을 차려보니 나는 영국 담당가이드였다.

어쩔 수 없었다. 옆에 있는 미술관으로 갔다. V&A미술관이라고 Victoria and Albert를 줄여서 만든 이름이다. 삼성이 후원한 한국관이 있었다. 그래서 우리가 제일 먼저 눈여겨 본 곳도 한국관이었다. 엘리베이터를 타고 가며 지도를 보니 한국관이 일본관과 중국관보다 더 큰 것 같아서 기대가 되었다. '드디어 삼성이 해냈구나!' 하는 마음으로 말이다. 자랑스러웠다. 멀리서 보니까 한글이 보이는 것이 뭔가 있어 보였다.

그러나 막상 가보았을 때 알아챈 것, 한국관이라는 곳은 '관'은 방을 뜻하는 관(館)이 아닌 통로를 뜻하는 관(管)인 셈이었다. 크기가 큰 것이 아니라 길쭉한 복도 같은 공간이었다. 그래도 내심 '영국박물관에서 만큼은 되겠지.' 하면서 기대했는데 서러움이 몰려 왔다. 크지도 않은 공간이었는데 몇몇 개의 전시물은 텅 이름표만 남기고 사라져 있었다. 그런데 중국관(館)으로 가니 화려한 것이 문화재도 많았고 외국인들이 반할 만했다. 내가 외국인이라도 한국이라는 이름은 기억 속에 남지 않을 것 같았다. 우리나라는 언제쯤 "와~" 하는 소리가 나는 한국관을 가질 수 있을까? 언제든 그날이 오기는 하겠지? 엄마는 우리가 그날을 만들어야 한다고 하셨다.

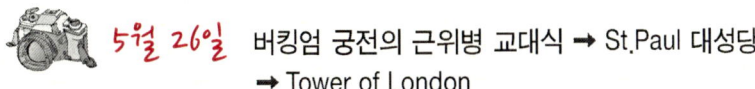

5월 26일 버킹엄 궁전의 근위병 교대식 → St.Paul 대성당 → Tower of London

어제 주방아저씨께 드린 샌드위치 덕분인지 아침에 일어났는데 드디어 사람 사는 집 공기를 맡는 것 같았다. 밥을 먹고 나에게 기분 좋게 표를 주는 차표 판매원을 예상하며 지하철역에 갔는데 매일 인사하던 그분이 아니었다. 그래서 설마 하고 옆의 박스를 보았는데 언뜻 보기에는 닮았지만 다른 사람이었다. 그래도 늘 하던 대로 당당하게 내 표를 달라고 했더니 나이가 맞지 않다고 하는 것이었다. 조금 놀라서 어제 받았던 표를 보여줬더니 누가 줬냐며 화를 내는 것이다. 그러더니 어른을 동반하면 1유로가 된다면서 어른을 데려오라는 것이었다. 내가 오기

▲ 버킹엄 궁전의 근위병

직전에 앞의 사람과 싸운 것을 나한테 푸는 것 같았다. 자기가 화난 것을 남에게 풀다니, 쳇, 더 배워야 하겠네.

버킹엄 궁전에 도착했다. 지하철 차표 판매원의 차가운 대접 때문에 기분도 안 좋은데다가 날씨마저 쌀쌀하니 체감온도가 계속 내려갔다. 버킹엄 궁전도 그다지 멋있어 보이지 않았다. 근위병 교대식이 시작되었다. 매번 하는 교대식이면 좀 잘할 만도 한데 어째 발걸음은 하나도 맞지 않았다. 매일 하는 것이라 성의 없게 하는 것 아냐? 하긴 그들도 추웠을 것이다.

추워서 열량소모가 빨리 되었는지 배도 고프고 해서 근위병 교대식이 끝나고 빨리 다음 코스로 이동했다. 이동하는 짬에 맛있는

▲ 세인트 폴 대성당

샌드위치를 먹으니 조금 기분이 좋아졌다. 다음 이동장소는 세인트폴 대성당이다. 도착해서 들어갔더니 입장료를 받았다. 하여간, 성당들이란……. 안 보고 그냥 나왔다.

다음 우리가 가기로 한 곳은 솔즈베리였다. 솔즈베리는 스톤헨지가 있는 곳으로 아직도 스톤헨지가 정확히 어떻게 만들어졌는지, 또 무엇을 위해서 누가 만들었는지도 밝혀지지 않았다. 언니가 꼭 가보고 싶어하는 곳이다. 그래서 스톤헨지를 가기 위해 여행책자를 폈는데 언니가 충격을 받은 모양이었다.

"어! 스톤헨지가 왜 돌덩이야? 사람 얼굴 아니었어?"

그렇다. 언니는 이제까지 스톤헨지를 이스터 섬의 조각상으로 착각하고 있었던 것이다. 큰일 날 뻔했다. 그 이유는 오늘 솔즈베리로 가는 기차는 있지만 역에서 스톤헨지로 가는 버스가 이미 끊어졌기 때문이다.

일정을 바꿔 런던탑으로 향했다. 언니가 이스터 섬과 솔즈베리를 착각했다면 나는 런던탑과 런던브리지를 착각했다. 런던탑은 정치범들을 투옥하고 고문하고 처형하는 것으로 악명 높은 성이었다. 지금도 영국 왕실 소속의 성으로 왕실 근위대가 관리하고 있다.

런던탑에 도착하니 기다리는 줄이 어마어마했다. 그런데 갑자기 엄마께서 어딘가 갔다 오시더니 자랑스러워하며 입장권을 보여주셨다. 세 명이지만 줄이 너무 길어 그룹입장권을 파는 곳에 가서 'Please' 하고 사셨다고 한다. 세 명이라도 그룹라인에 서도 된단다.

우리는 단 1초 만에 입장을 할 수 있었다. 영국 전통복장을 한 아저씨가 투어를 해주었다. 우리도 당연히 그 틈에 끼어서 따라가고 있었는데 우리 눈에 꽂힌 것은 태극기였다. 이번에 새로 생겼는지 다른 국기들과는 다르게 깨끗하고 좋았다.

런던탑에는 한국어 오디오 가이드가 있었다. 유럽에서 한국어 오디오 가이드는 처음이다. 오디오 가이드 설명이 잘된 것인지, 아니면 이제까

▲ 런던탑

지 내가 여행 다니면서 알아듣지를 못한 것인지는 몰라도 언니보다 늦게까지 관람하는 상황이 벌어졌다. 비 오는 것은 안중에도 없었다.

런던탑은 영국에 오는 관광객들에게 꼭 권해주고 싶다. 누가 런던탑을 비극의 탑이라고 부르는가. 런던탑은 한국인에게 있어 자랑스러울 뿐이다. 알라뷰 런던탑!

 5월 27일 과학박물관, V&A미술관

영국을 떠나야 할 날이 가까워지는데 아직 보지 못한 곳은 산더미같이 쌓여 있었다. 결국 어제 포기한 스톤헨지는 하늘로 날아갔고, 일정에 관하여 가족 간의 의견통합이 안되어서 한참을 소비했다. 가족 간이라 함은 엄마와 언니이다. 나는 파워게임에서 이긴 사람을 따라 가니까.

언니가 이겨서 내셔널갤러리로 갔다. 볼 수 있게 해달라고 기도했지만 '마네, 고흐의 방'은 안타깝게 닫혀 있었고, 안내원은 6월 달부터 열린다고 했다. 우리가 영국을 떠나는 날이 5월 29일이 아니더냐? 결국 내셔널갤러리의 '마네, 고흐의 방'마저 날아가 버렸다.

그래서 선택한 곳은 과학박물관이다. 자연사박물관, V&A미술관과 가까이 있는데도 불구하고 관광객들의 선호도가 가장 낮기 때문에 큰 기대는 하지 않았다. 그런데 박물관 선진국답게 눈에 띄는 알록달록한 인테리어를 한 내부와 과학의 원리를 쉽게 설명해 주는 도구들이 많았다.

언니의 관심분야인 의학 쪽으로 갔다. 언니는 정신없이 보면서 흥분해서 설명해 주었지만 나와 엄마는 페니실린의 '페' 자도 모르는데 본다는 것이 지루했다. 아무튼 언니의 설명을 들으며 어려운 의학용어를 외우고 있을 때쯤 소화기관에서 아침에 먹은 음식물이 다 소화가 되었는지 꼬르륵 소리가 나기 시작했다.

과학박물관을 나와서 패스트푸드점에 들어가 끼니를 때운 후에 빅토리아 알버트 미술관으로 다시 들어갔다. 하지만 비가 와서 그런지 관람객들이 너무 많았고, 비 때문에 축축한 옷에 눅눅한 분위기가 찝찝해서 돌아다니기가 싫었다.

집에 돌아가서 망고와 함께 만찬을 즐겼다. 내가 메일 체크를 할 동안 엄마께서는 영국여행이 막바지인데 B&B조차 못 가보았다고 한탄을 하셨다. 여러 군데 전화를 거시더니만 마침내 한 곳을 예약해서 오늘밤은 그쪽으로 가서 자기로 했다. (B&B : Bed and Breakfast, 침대와 아침을 제공해 주는 영국숙박시설)

비가 심술궂게 내리고 바람도 쌩쌩 부는 저녁에 우리는 좋은 영국식 아침을 기대하고 숙소를 찾아 무작정 나갔다. 두 달 동안 무척 아끼던 무지개우산도 세찬 바람에 날려 거의 다 망가지고 폭우로 바뀐 빗줄기로 바지도 다 젖으면서 한 시간가량을 헤맨 뒤에 마침내 꿈에 그리던

B&B를 찾았다.

방문을 여니 반지하방이다. 예약할 때 지하라고 말하지 않았다고 엄마가 신경질을 내면서 방을 바꿔 온다고 나가셨다. 빈방이 없어 방을 옮길 수 없다고 하는 리셉션 아저씨가 사기 쳤다고 엄마는 씩씩거리셨다. 전화로 예약할 때의 영어발음을 듣고 아시안이라고 우습게 봤다는 것이다. 비가 와서 민박집으로 돌아 갈수도 없고…….

침대벌레가 없기를 기도하면서 내일 아침밥을 기대하고 눈을 감았다.

 5월 28일 코톨드 미술관

영국의 아침 식사를 기대하며 식당으로 갔다. 엄마가 워낙 영국식 아침 식사에 대해서 좋은 인상을 불어넣어 주셨기 때문에 많이 실망했지만 엄마께서는 영국의 이름난 B&B는 적어도 6개월 전에는 예약을 해야 한다고 위로했다.

이렇게 비 오는 날 어디로 가야 할지 하루 일정에 대한 회의를 시작했다. 고흐와 마네의 방은 6월에 열린다는 것을 알면서도 언니는 내셔널 갤러리를 포기하지 못하고 또 가자며 살살 꾀기 시작했다. 오늘이 영국의 마지막 날이라 언니의 마지막 소원을 들어주기로 했다. 역시나 어제와 같은 사람이 같은 말을 또 했다. 고흐와 마네 그림들이 알바 뛰러 가서 빨라야 6월에 돌아온다고 했다.

어쩔 수 없이 다음 일정인 코톨드 미술관으로 갔다. 비 때문이었는지 아침밥 먹은 지 얼마 안 되었는데 배가 고팠다. 영국에서 마지막 외식으로 선택한 곳은 '인도 레스토랑'이었다. 인도 음식이 이렇게 맛있을 줄 꿈에도 몰랐다. 하지만 너무 비쌌다. 팁도 줘야 했고.

코톨드 미술관에 도착하기도 전에 우리는 입장료로 쓰려 했던 돈의

절반을 식비로 소비했다. 다행히 코톨드 미술관은 언니와 내가 공짜 입
장이었다. (사실 언니는 돈을 내야 했지만 표 판매원이 언니의 학생증을
잘못 보아서 공짜가 되었다. 우리는 모르는 척하고 들어갔다. 엄마의 입
장료만으로도 충분히 비쌌다.)

내셔널 갤러리에서는 화가 고흐의 그림을 못 보았지만 코톨드 미술관
에 고흐의 그림이 있었다. 고흐 이외에도 발레리나를 좋아하는 드가,
르느아르 등 유럽에 오기 전부터 들어보았던 화가의 이름들은 전부 다
본 것 같았다.

이렇게 유명한 작품들이 많음에도 코톨드 미술관은 그다지 크지 않
았다. 코톨드 미술관을 만든 코톨드 씨는 그림을 수집할 때, 순간의 느
낌보다는 그림을 집에 걸어놓고 그 느낌을 1주일간 느껴본 후 구매 의
사를 결정했다고 한다. 그래서인지 코톨드 미술관의 분위기는 섬세했고
작품들이 살아있어 나와 대화를 하는 느낌이었다. 특히 언니는 귀에 붕
대를 감은 반 고흐의 자화상에 푹 빠져서 내셔널 갤러리의 사건은 완전
히 잊어버렸다.

엄마는 유럽여행의 마지막이라고 엽서를 한 장씩 사 주셨다. 엽서 한
장 사주는 일도 흔한 일이 아니라서 언니나 나나 굉장히 놀랐다.

집으로 돌아가는 길에 엄마는 스페인에서 언니만 운동화를 산 게 마
음이 아팠다고 나에게 운동화를 사 주셨다. '나이키' 운동화였는데 70%
나 세일을 하고 있는 거라 횡재했다. 갑자기 영국이 확 좋아져 버렸다.

 **5월 29일~30일** 영국 → 일본(나리타공항)

 공항으로 가는데 도대체 시간은 왜 이렇게 더디 가는 것일까? 빨리 가고 싶은데. 공항에 도착해서 표를 뽑고, 짐을 부치고, 드디어 비행기를 탔다. 매 순간순간 한국에 가까워진다는 생각에 마음이 설레었다. 유럽여행 동안 비행기는 많이 타보았지만 단거리 비행이라 기내식은 나온 적이 없어서 그런지 기내식이 나올 때가 되어서야 아시아로 간다는 느낌이 들었다. 다국적 입맛인 나에게 기내식은 언제 먹어도 맛있다.

 한숨 자고 나니, 나리타공항에 40분만 있으면 도착한다. 일본이라니! 몇 발자국만 더 가면 한국이다. 입국심사를 하고 짐을 찾으면서 본 일본인들은 보통 일본 전통그림에서 나오는 눈 작고 간사하게 생긴 일본인들뿐이었다. 언뜻 보면 무섭고 자세히 보면 모두가 닮은꼴이었다.

 일본인들을 보고 웃고 있을 때가 아니었다. 숙소를 잡지 않고 일본에 도착했기 때문에 나리타공항에서 서점으로, 관광안내소로, 환전소로 4시간 동안이나 헤맸다. 그래도 다행이었던 것은 한국어 게시판이

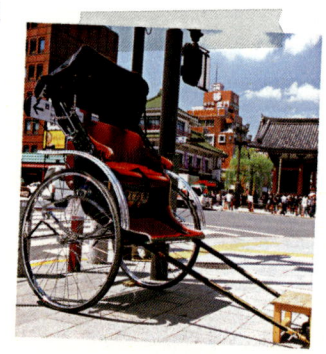

나 팸플릿이 공항에 많이 있었고 일본인들은 영어를 잘했다. 일본의 문화를 알고 싶다고 말했더니 관광안내소에서 우에노 역 근처의 일본 전통 숙박시설인 료칸을 추천해주었다.

공항에서 지하철로 2시간 정도 타고 가서 우에노 역에서 내려 15분 정도 걸었다. 일본 전통 숙박업소인 료칸은 다다미방에 일본전통 옷(요카타)을 제공하고 온천도 있었다. 또한 료칸에는 물이 흐르는 작은 일본식 실내정원까지 있었다. 우리나라와는 색다른 문화였다.

일본 준비를 미리 하지 못했기 때문에 료칸에 붙어 있는 음식점에서 저녁 역시 3개월 만에 제일 비싸게 먹었다. 낫또와 생선구이, 된장국이 나와서 입맛에 맞아 맛있었다. 옆 테이블에 있는 외국인 부부가 우리가 먹는 것을 보고 주문했다. 밥 먹고 돌아와 보니 우렁각시가 다녀갔는지 어질러 놓았던 찻잔과 식탁이 모두 치워져 있고 이부자리가 곱게 펴져 있었다. 다른 나라라면 감사히 좋은 시설을 만끽하겠는데 일본이라 그런지 자존심이 조금 상했다.

'아니, 왜 이렇게 잘 해 주는 건데? 또 오라고 하는 거지?'

아빠가 넓은 마음으로 우리나라와 일본의 다른 점에 대해서 배우고 오라고 하셨는데……

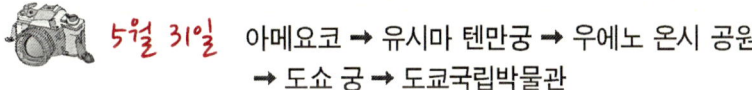 **5월 31일** 아메요코 ➡ 유시마 텐만궁 ➡ 우에노 온시 공원
➡ 도쇼 궁 ➡ 도쿄국립박물관

새벽 3시부터 무슨 짓인지 이놈의 시차 때문에 내 평생 이렇게 일찍 일어난 적도 처음이다. 세 명 다 약속이나 한 듯이 새벽 3시에 잠이 깼다. 우에노 역으로 갔다.

겉모습으로는 보기에는 우리가 보통 일본인처럼 보이겠지만 우리는 일본 말을 못했다. 엄마께서는 일본이 한국과 한국인들을 약간 내려 보는 경향이 있으니 한국말을 쓰지 말고 영어를 사용하자고 하셨다. 엄마께서는 일본이 약간 불편했던 모양이셨다. 하지만 일본인들은 한국 사람들이 일본인들에게 대하는 것보다 훨씬 더 친절했다. 속마음은 몰라도 항상 웃으며 이야기하는 것이 오히려 유럽인들보다 더 싹싹했다. 길을 물으면 따라 다니면서 알려 주며, 본인이 모를 경우에는 길가는 행인에게 물어서 우리에게 알려 주려고 애쓴다.

일본에 유일하게 남아있는 재래시장인 아메요코를 갔다. 우리나라의 남대문시장 같아 친근했다. 시장 길거리에 우리나라에서 비싼 브랜드인 '아디다스' 슬리퍼와 운동화, 그리고 티셔츠를 쌓아 놓고 팔고 있었다. 언니는 티셔츠, 나는 슬리퍼를 싼값에 건졌다.

유시마 텐만궁으로 갔다. 일본에서 비가 많이 오는 6월이 아닌데도 비가 내리다 말다 변덕을 부렸다. 아기자기한 일본식 정원은 매력적이었고 언니 역시 운세 뽑기와 소원 비는 것이 마음에 들었는지 돈을 주고 샀다. 그리고 '대한민국이 일본을 비롯한 모든 나라보다 부강한 나라가 되게 해주세요. 그렇게 하기 위해서 내가 해야 할 일도 알려 주세요.'라고 일본신사에서 빌었다. 봄 소풍 기간이라서 그런지 궁에는 꽤 많은 학생들이 교복을 입고 견학을 왔다. 그런 그들을 보며 마음이 찌푸려지는 내가 더 이상하게 느껴졌다.

다음 곳, 우에노 온시 공원으로 갔다. 끝이 안 보이는 넓은 연못에 빽빽하게 자란 연꽃과 연잎들이 멋있게 보이기보다는 징그러웠다. 그때 '고이즈미(전 일본 총리)'를 닮은 정장 입은 한 남자가 우리 앞을 지나갔다. 주변을 유심히 관찰해보니 정장을 입고 깔끔하게 차리고 출근할 법한 남자들이 공원에서 시간을 보내고 있었다. 직장이 없는 아빠가 아침에 출근을 공원으로 하고는 시간을 때우다가 저녁 퇴근 시간이 되면 집으로 퇴근한다는, 한국에서도 벌어지는 슬픈 이야기가 이곳에서도 있는 것 같아 안쓰러웠다.

우에노 온시 공원의 연못을 따라서 도쇼 궁을 비롯해 유명하다는 돌, 길거리의 소규모 서커스단을 지나 도쿄국립미술관에 도착하게 되었다. 유럽의 박물관에서는 한국인들이 스스로 기부를 하고 한국관을 만들었지만 이번에는 우리가 원치 않았는데도 한국관이 만들어져 있는 상황이었다. 일단 들어갔다. 한국전시물이 생각보다 너무 왜소했다. 일본에 똑같은 형태의 조형물이 19세기에 만들어져 있고 우리나라는 15세기에 만들어져 있어도 일본 것이 더 커서 우리 문화보다 더 부각되었다. 그리고 한국의 역사를 잘 아는 우리로서는 왜곡되거나 생략된 것들이 너무 많았다. 마치 우리 문화재를 훔쳐다가 일본 박물관에 가져다 놓고는 대충 전시하고 대충 설명하여 한국의 역사를 못나 보이게끔 하려는 의도 같았다.

돌아간 료칸의 방은 역시 정리가 되어 있었다. 내일 아침 우에노를 떠나 다른 곳으로 가지만 기회가 된다면 또 가고 싶은 곳, 료칸. 짱이었어! 우리가 배워야 할 점 1번, 관광객을 왕으로 대접하자.

▲ 아메요코

 6월 1일 우에노 → 신주쿠

한국으로 돌아가는 날이 다가올수록 잠은 오지 않았고, 다크서클은 턱까지 내려왔다. 자야 되는데 잠이 안 와서 눈감고 뜨는 운동을 하는 동안 들리는 소리는 언니의 한숨 소리와 엄마의 코고는 소리였다. 언니 역시 잠이 안 와서 심심했나 보다.

우에노에서 신주쿠로 이동을 했다. 신주쿠 거리를 걷다 보면 심심찮게 한국말이 들린다. 일본에는 한국 사람들이 정말 많다. 신주쿠는 우에노보다 더 번화했고, 숙소도 더 비쌌다. 숙소는 우에노가 더 좋았는데도 말이다. 엄마께서는 숙박료가 이 정도라면 차라리 일본에 오지 말고 에스파냐에서 왕궁에서 자는 게 훨씬 더 나았다고 말씀하셨다. 엄마는 일본을 보통의 한국인들이 이유 없이 싫어하는 것을 비판하는 편이었는데 일본에 막상 오니 싫어졌다고 하시며 왜 그런지 모르겠다고 했다. 일본이 우리보다 잘난 부분들을 직접 확인하니 기분이 불쾌해진 것은 아닐까? 아니면 가까운 일본에서조차 생각했던 것만큼 한국이 비중이 없다고 느껴지니 화가 나서 그럴까? 넓은 시각으로 보고 배워야 되는데…….

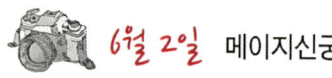 6월 2일 메이지신궁

오후 1시에 룸 청소를 위해서 온 메이드가 아니었다면 저녁까지 잘 뻔했다. 덕분에 일어나서 메이지신궁으로 갔다. 메이지신궁 앞에는 코스프레를 하는 사람들이 있었다. 나이가 아직 내 또래 정도밖에 되지 않은 것 같아 보이는데 얼굴에 검정색으로 짙게 화장을 한 것은 유럽을 다녀온 나로서도 이해하기가 버거운 문화였다. 물론 외국인들이 보기에

는 신기한 풍경이겠지만 좋은 시선을 받기에는 조금 무리가 있다는 생각이 든다.

메이지신궁은 나무가 많아서 삼림욕에 도움이 되었고 사람들이 별로 없는 것이 사방이 조용한 절이었다. 오랜만에 좋은 공기를 마시며 맑은 정신으로 생각을 해 보았다. 일본이라는 나라가 한국인들에게 역사적으로 안 좋게 보이고 좋지 않은 부분도 보이겠지만 속마음이 어떻든 간에 일본인 특유의 친절함과 일본만이 가지고 있는 개성 있는 문화는 외국인 관광객들의 호감을 산다는 것을 조금씩 느끼게 되었다. 그리고 남의 문화를 그대로 받아들이지 않고 자기 나라에 맞게 변화시켜서 일본 전통문화로 만드는 것은 대단히 큰 배울 점이었다. 한국인인 나조차도 기모노가 가지고 싶었으니 말이다.

아침에 너무 늦게 일어난 탓에 저녁 해도 우리에게 일찍 안녕을 고했다. 시간이 지날수록 비행기 시간이 가까워진다는 생각에 가슴이 콩닥콩닥 뛰었다. 심호흡도 해보고 딴생각도 해보았지만 뛰는 가슴은 진정이 되지 않았다. 언제 잤는지 모르겠다.

11. 한국으로 돌아오다

6월 3일 일본 ➔ 한국

　새벽 5시에 일어나서 아빠를 만나기 위해 꽃단장을 했다. 우리에게는 무지하게 일찍 일어난 시간이지만 한국행 비행기를 타기 위하여 공항에 가기까지는 시간이 빠듯했다. 그래서 계획을 세웠다. 공항에 도착하면 엄마 혼자서 먼저 제1터미널 공항에 내려서 일본에 입국했을 때 맡겨놓은 짐 하나를 찾은 다음 제2터미널 공항에서 짐을 부치고 난 후에 입국수속을 하고, 언니와 나는 제2터미널공항에 내려서 우리 짐을 먼저 부치고 입국수속을 밟는 것이었다.

　공항으로 가는 기차에서 "엄마가 혹시 시간이 늦어서 만나지 못하더라도 기다리지 말고 너희들은 먼저 입국수속 밟고 비행기 타고 한국으로 가거라." 그런 말을 남기고 엄마와 우리는 헤어졌다. 언니와 나는 제2터미널공항에 내려서 막 뛰어가서 짐을 부치고 시간을 확인하니 시간이 촉박했다. 그래서 줄을 서 있는 사람들을 지나쳐서 데스크로 가서 비행기 탑승 시간이 부족하다고 도와 달라고 부탁을 하니 여권검사와 티켓 확인 등을 따로 먼저 해 주었다. 그렇게 입국수속을 밟았는데도 모든 것을 마치고 보니 비행기 시간에 늦었다. 엄마도 아직 도착하지 않으셨다.

우리는 여행 중에 많은 기적을 불러 일으켰지만 한편으로는 힘든 상황 역시 많이 겪었기에 '엄마랑 같이 한국에 들어 갈 수 있을까?' 하는 의심과 걱정이 되었다.

　탑승하라는 안내 방송이 나온 지 한참이 지났다. 간이 콩알만 하여 어떻게 해야 하나 발을 동동 굴렀지만 시간은 무심하게 지나서 게이트를 닫는다고 안내방송이 나왔다. 비행기를 놓치면 더 큰일이 생길 것 같아서 나는 먼저 들어가는데 언니는 밖에서 계속 엄마를 기다렸다. 엄마랑 헤어졌는데 언니와도 마저 헤어질까 봐 걱정이 되었다. '아빠가 눈 빠지게 기다리는데 언니와 나만 한국에 돌아가면 얼마나 서운해 하실까?' 그런데 멀리서 엄마가 뛰어 오고 계셨다. 기적이었다.

　지금 내 기분을 표현할 수 있는 문장은 '비행기를 타고 있다.'밖에 없다. 드디어 아빠와 만나는구나. 시간이 없어 아침도 굶고 비행기를 탔지만 오후 1시 인천공항 도착인데 기내식은 한 번밖에 주지 않았다. 승무원에게 간식용 일본 라면을 달라고 해서 먹고, 쿠키랑 초콜릿을 엄청 많이 받았다. 한국에 도착하면 아빠한테 맛있는 밥 사 달래야지.

　비행기에서 내려 숨을 쉬는데 마늘 냄새가 섞여 있었다. 나만 느끼는 것일까, 아니면 한국을 방문하는 외국인들도 느끼는 것일까?

　문화차이인지는 몰라도 확실히 일본과는 다른 점이 있었다. 컨베이어 벨트 앞에서 남은 몰라라 하고 무질서하게 자신의 짐만 나오기를 기다리는 사람들. 원래 짐을 기다릴 때는 일행이 많으면 한두 명만 짐이 나오는 곳 앞에 서서 기다려야 다른 사람들도 자기 짐을 확인할 수 있다. 그런데 일행 전부가 벨트 앞에 죽 늘어서 있으니 나처럼 키 작거나 힘약한 사람은 짐을 찾을 수도 없었다. 공항직원들까지 무뚝뚝했다. 그들은 외국인 관광객에게도 무표정한 얼굴로 불친절하게 대할까?

　나와서 진짜 한국 땅에 발을 디디니 택시 타는 곳에 아빠가 계셨다.

　"아빠!"

우리 가족은 가속도가 붙으면서 달려가 아빠께 철썩 달라붙었다. 아빠가 정말 행복해 보였다. 주변에 그런 우리 가족을 부러워하는 눈빛이 느껴졌다. 그날 우리는 오랜만에 한국식 갈비를 먹었다.

"유라야, 너는 어디가 제일 좋았어?"

아빠께서 물으셨다.

내가 한국의 반대편에 가 있는 동안 한국의 시간은 변함없이 똑딱 똑딱 가고 있었다.

"네? 어, 그게요,……."

삼 개월 동안 꿈을 꾼 것 같다. 꿈같았던 시간이 지나고 이제는 현실의 시작이다. 나의 새로운 여행은 또 시작인 것이다. 아자, 아자, 파이팅!